명상까페

명상까페

초판 인쇄 · 2007년 6월 28일 인쇄
초판 발행 · 2007년 7월 3일 발행

지은 이 · 김주현
펴낸 이 · 임종대
펴낸 곳 · 미래문화사

등록 번호 · 제 3-44호
등록 일자 · 1976년 10월 19일
주소 · 서울시 용산구 효창동 5-421호 140-120
전화 · 715-4507, 713-6647
팩스 · 713-4805
E-mail · miraebooks@korea.com
　　　　mirae715@hanmail.net

ISBN 89-7299-342-5
ⓒ2007, 미래문화사

온 몸이 다 눈이고 귄데

명상까페

김주현 지음

온 몸이 다 눈이고 귄데

명상까페

김주현 지음

미래문화사

창조주로서의 인간

모든 피조물들은 피조물로써 존재와 생존 그 자체에만 몰두한다. 그러나 인간은 피조물이면서 창조주의 의식을 가지고 스스로는 물론 모든 존재에 대한 법칙과 더불어 존재 너머의 의미까지도 파악하고자 하는 특별한 구조를 가지고 창조되었다.

그런데 인간은 스스로 자신이 피조물의 하나라는 최면에 걸려서 창조주의 의식을 잃어버리게 된 것이 비극의 출발이었다. 이러한 인간을 향한 신神의 측은지심惻隱之心이 동기가 되어 신의 의식을 가진 사람을 보냈으니, 그 분들이 예수님을 비롯한 성인聖人들이었다. 그런데 그 분들의 말씀이라고 기록한 책들을 보고 있노라면 그것 역시 인간의 한계를 벗어나지 못했다는 점을 지울 수가 없다. 왜냐하면 그 경經을 편집한 이들의 의식이 창조주의 의식이 아닌 피조물로써의 인간이 갖는 의식의 범주를 벗어나지 못했기 때문이다.

과거에는 성경을 통하여 예수님과 하나님에 대한 경외심敬畏心만을 가졌지만 언제부턴가 성경이 예수님의 마음을 얼마나 속상하게 할까를 생각하게 되었다.

돌아가신 예수님이 다시 일어나 자신을 표현해 놓은 성경을 읽는다면 감추지 못할 불쾌감 때문에 아마 끝까지 읽지 않고 덮어버릴 것이다. 그런데도 많은 사람들이 미완성의 성경을 이야기한 신학적인 크레바스에 빠져서 자신이 예수님의 적장자라도 되는 양 으스대는 모습을 보면 예수님은 서글픈 마음을 금하지 못할 것이다.

사람은 누구나 자신의 의식이나 시야에 스스로 매몰되어서 그 이상을 볼 수 있는 시각을 놓쳐버리는 우를 범한다. 발견된 상황을 두고 대단하다고 법석을 떨다가도 세월이 지나 그 이상의 것을 새롭게 발견하고 보면 지난날의 우매함이 자신을 부끄럽게 하지 않는가!

걸핏하면 세계 최초, 인류 최대와 같은 흥분한 목소리가 전파를 타고 흘러나온다. 그러나 이 우주 속에는 아직도 인간의 손이 미치지 못하고 묻혀 있는 최초와 최대의 것들이 얼마나 많겠는가? 무슨 이론이나 입자를 찾아놓고 스스로 흥분하는 모습을 우주심宇宙心의 눈으로 내려다 본다면 그런 인간이 얼마나 가소로워 보일까? 길가에 나뒹구는 곤충 한 마리를 발견하고 개미떼 전체가 흥분하며 펼치는 축제의 장을 내려다 보노라면 인간 세계를 내려다 보는 신의 마음이 읽어진다.

배우면 배울수록 모르는 것이 많아지는 무지를 발견하게

되는 것을 보면, 지식이란 무지에 대한 사랑이지 앎에 대한 자랑이 아니라는 것을 알게 되어 진리 앞에 겸손하지 않을 수 없다.

이제 인간의 의식에 충실한 책을 덮어놓고 말이 없으면서도 나를 더 많이 가르치는 자연에서 창조주의 신성神性을 직접 느끼고 싶다. 쏟아지는 시간이 내 이성理性을 재촉하고, 꽉 차있는 공간이 내 감성을 흔들어 일깨우는 것을 체휼하는 그 세계를 상상하며 인간에게 주신 무한대의 창조성으로 신의 창조를 느끼고 싶다.

보이는 모양도 없으면서 보여지고, 귀에 들리는 소리가 없으면서 느껴지는 신의 사랑에 취하고 싶은 것이다. 그것이 인간이 이르러야 할 경지라는 것을 한 분으로부터 배웠으니까…….

이런 생각을 하면서도 쪽박 같은 의식으로 진리의 바다를 저울질하는 글을 쓰고 있으니, 이 쪽박을 깨버리는 날이 바다를 만나는 날이 될 텐데, 그 날이 오려는지…….

스스로 가야 할 길을 재촉하면서 그동안 생각의 일부를 책으로 엮는다.

2007 녹음의 계절에

김주현

이 책을 읽는 분들께

이 책을 읽다보면 사고의 폭과 높이와 깊이가 한없이 늘어나는 느낌을 받게된다. 따고 싶었지만 손이 닿지 않아 쳐다보기만 했던 열매를 마침내 따서 맛있게 먹는 기분이다.

시고, 달고, 상큼한 맛이 말로는 형언하기 어렵다. 저자는 사념을 어떻게 담금질을 하여 이렇게 무쇠 연장처럼 단단하고 깔끔하면서도 논리정연하게 다듬을 수 있었을까?

인생의 이치를 초점을 잘 맞춰 찍은 사진처럼 정확하게 드러내 보여주어 읽는 이로 하여금 쾌청한 하늘 아래 아름다운 풍경을 보는 기분이 들게 한다. 한마디로 도통한 사람이 아니고는 쓸 수 없는 고뇌의 결정체라고 생각된다.

구球라는 것은 본래 우주와 같아서 상하좌우가 없이 모든 위치가 한곳으로 통하듯이 이 수상집 역시 그냥 활달 통쾌하다. 그래서 인생에 대하여 조금이라도 고민을 해본 사람이라면 예사로 책장을 넘길 수 없을 것이다.

모쪼록 행간과 자간 사이에 스며 있는 의미를 짚어가면서 일독하신다면 깨달음이 크리라 믿는다.

2007년 6월
임종대 | 수필가 |

인간은 사랑을 위하여 산다 2부

맞춰가면서 사는 삶 4부

인간의 마음가짐이 곧 행복이다.
—실러

The will of a man is his happiness.
—Schiller

제1부

나를
나 되게 하는 것

인생의 가장 큰 결함은 그것이 항상
불완전하다는 것이다.
―세네카

The greatest flow in life is that it is always
imperfect.
―Seneca

교양이란 해박한 지적 앎이 아니라 더불어 사는 공동체 의식이다.
자신이 단독자가 아닌 사회적 동물이라는 의식이 투철할 때
교양 있는 삶이 시작되는 것이다.

다른 사람의 머릿속에 영어 단어가 몇 개나 들어 있는지, 수학은 어디까지 이해하고 있는지 하는 것은 도대체 보이지 않는다. 그러나 그 사람이 교양이 있는지 없는지는 금방 보인다.

대학까지 나온 멀쩡한 사람이 피우던 담배꽁초를 함부로 내던지면 교양이 없고 무례한 사람으로 보인다.

사람의 마음을 상하게 하는 것은 학문에 대한 무지가 아니라 상식적인 교양의 부족이다. 차례를 기다리고 있는데 중간에 끼어드는 사람이 그렇고, 아무 데나 침을 뱉는 사람이 그렇다. 남의 집 앞에 쓰레기를 버리는 사람이 그렇고, 조용한 공간에서 휴대폰 벨소리나 큰소리로 통화하는 모습이 그렇다. 도대체 더불어 산다는 의식이 없이 함부로 하는 것은 교양이 없는 짓이다.

교양이란 해박한 지적 앎이 아니라 더불어 사는 공동체 의식이다. 자신이 단독자가 아닌 사회적 동물이라는 의식이 투철할 때 교양 있는 삶이 시작되는 것이다.

교양은 한 순간에 얻어지는 것이 아니라 일종의 생활 습관이다. 어렸을 때부터 쌓여온 생활이 습관화될 때 교양이 형성되는 것이다.

학교에서 학생들에게 교양과목을 강의하고 있지만 한 학기의 수업을 통하여 학생들을 교양인으로 양성하기에는 힘겨움을 느낀다. 대학생쯤 되었으면 이미 교양인이 돼 있어야 할 나이인데 뒤늦게 교양강좌를 듣는다고 해서 특별한 변화가 있겠는가? 지식의 한 범위만 확대했을 뿐 인간성의 변화를 기대할 수는 없다.

늙은 나무는 접이 되지 않는다. 접을 하려면 2~3년생 된 유연한 묘목이라야 가능하다. 고목나무는 굳어져 휘지도 않는다. 휘려고 하면 부러져 버린다. 정원사의 의도대로 묘목을 만들려면 햇가지로 해야지 오래 묵은 가지로는 불가능하다.

유년기와 청소년기는 가르치는 교육과 보여주는 교육을 통하여 교양인의 소양을 기르는 시기라면 청장년기는 그야말로 교양인으로서 사회적인 역할을 감당해야 하는 시기이다. 그런데도 현대의 젊은이들은 교양과는 거리가 멀다. 지적 욕구는 왕성하지만 공동체적 삶에 대한 책임의식은 약화될 대로 약화되어서 허약한 사회가 되어버렸다.

나를 나 되게 하는 것

신은 스스로 신일까?
신 역시 가장 신 되게 하는 것은 인간이다.
인간이 존재하지 않는 세상의 신은 존재의 의미가 없다.

가려운 곳을 내 손으로 긁으면 시원한 정도에 그치지만 다른 사람이 긁어주면 황홀하다. 내 귀를 내가 후비면 별로이지만 다른 사람이 후벼주면 취해서 스르르 잠이 온다. 내 머리를 내가 손질하면 단순히 빗질인데 머리를 깎느라고 이발사가 만지면 이내 잠들어 버린다. 뻐근한 어깨나 목덜미를 내가 만지면 신통치 않은데 다른 사람이 안마를 해주면 그렇게 시원할 수가 없다. 내 옆구리를 내가 간질이면 전혀 우습지 않은데 다른 사람이 간질이면 자지러진다. 내 몸을 내가 만지면 별무감각인데 사랑하는 이의 손길이 닿으면 감미롭다. 내 눈의 웃음은 내가 볼 수 없으니 내게 평화를 주지 못하지만 상대방의 잔잔한 미소는 나의 모든 시름을 잊게 하는 묘약과 같다.

지금까지는 내 것이 내 것이라는 생각 속에 살았으나 알고 보니 다른 사람의 손길과 눈길이 나를 더 나 되게 했던 것이다. 내 입을 자극하는 것이 음식이고, 내 눈을 자극하는 것이 사물의 모양과 색깔이다. 그리고 내 코를 자극하는 것이 향기나 냄새며, 내 귀를 자극하는 것이 소리이다. 모두가 나 아닌 것으로 인하여 나를 더 나 되게 한다는 사실이다.

그렇다면 신神은 스스로 신일까?

신 역시 가장 신 되게 하는 것은 인간이다. 인간이 존재하지 않는 세상의 신은 존재의 의미가 없다.

신은 창조주이고, 인간은 피조물이라는 논리도 우리는 다시 생각해봐야 한다. 사람들은 신은 설명할 수 없다고 하면서 신을 설명할 수 있다면 그것은 신이 아니고 피조물이라고 말한다. 즉 신은 인간의 언어와 문자 그리고 시간과 공간 속에 갇혀 있지 않다는 것이 그 이유다. 그렇다면 그 영역 너머에 있는 신은 인간에게 무슨 의미가 있는가?

인간을 보자.

인간의 마음이라는 것이 언어와 문자, 그리고 시간과 공간 속에서 이해될 수 있는가? 그것은 불가능하다. 그렇다면 인간 역시 인간의 마음과 같은 신의 속성을 가지고 있다는 말이다.

인간과 신만이 그런 것이 아니다. 만물 역시 만물을 구성하고 있는 입자의 단계를 넘어서 물질의 궁극적 실체에 도달하면 그 세계 역시 물질의 세계가 아닌 관넘의 세계라는 것이 엄연한 사실이다. 물질 역시 현상학으로서의 물질세계가 있는가 하면 그 현상의 경계를 넘어서면 관념적인 세계가 존재한다는 말이다. 그래서 물질도 시간과 공간권 내에 존재하는 물질이 있는가 하면 궁극적 실체에 도달하면 시간과 공간을 넘어서버리는 물질 이전의 세계가 존재한다.

그렇다면 모든 존재를 시간과 공간성에 의하여 이해하려던 인간의 시도가 무의미해진다. 그러한 의미에서 신만이 창조주가 아니라 인간이 신을 창조해야 하는 창조주가 되어야 하는 것이다.

창조주와 피조물이라는 언어의 존재의미도 다시금 생각해봐야 한다. 그래서 신과 인간과 만물은 별개의 존재가 아니라 서로가 나 되게 하는 존재라는 통일적인 사고체계야말로 21세기의 인간의식의 기초가 되어야 한다.

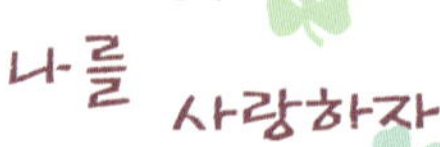

나를 사랑하자

무엇이든지 주관하면 아름답지만 그 속에 빠지면 천해 보인다.
물을 주관하면 수영을 즐기지만 물에 빠져버리면 죽는다.
주관하는 것은 즐기는 것이지만 빠지는 것은 그것에 파묻혀 헤어나
지 못하는 중독이다.

남을 존중하기 전에 자신을 존중하는 법부터 배워야 한다. 타인을 불쾌하게 하는 것은 타인을 무시해서라기보다는 자신을 존중하지 않기 때문이다. 자신을 진정으로 존중할 줄 아는 사람은 타인에게 함부로 할 수 없다.

유해한 것을 먹는 것도 자신을 존중하지 않기 때문이다. 제 몸을 존중한다면 어떻게 아무런 득이 없는 담배같은 것을 피울 수 있겠는가. 백해무익百害無益한 담배를 피우는 것은 자신의 몸을 존중할 줄 모르는 무례한 행위다. 과음을 하거나 마약을 투여하는 것들은 모두 자신을 존중할 줄 모르는 데서 비롯된 행위다.

친구親舊란 뭔가?

서로 정신을 교감할 수 있는 친밀한 관계다. 그런데 그렇게 친밀한 사람에게 담배나 마약이나 술을 먹이지 못해서 안달을 낸다면 진정한 친구일까? 맛있는 음식은 감춰 놓고 먹으면서 몸과 마음을 해치는 것은 못 먹여서 안달이니 웬일일까? 생각해보면 친구가 아니라 원수지……

친할수록 좋은 것보다 못된 것을 권하려는 경향이 있는데, 깊이 따지고 본다면 정신 상태에 문제가 있는 것이다.

타인에게 무례한 행위를 일삼는 것은 타인을 무시해서가 아니라 결국 자신을 무시하는 행위다. 나 아닌 다른 사람 때문에 불쾌한 일을 당하면 다시는 그 사람과 상종하지 않으면 된다. 그렇다고 그 사람에 대한 안 좋은 감정이 사라지겠는가? 무뢰한無賴漢은 무례한 행동을 하고도 잊어버리는데 행위를 당한 이는 오래 간직하고 있으면서 그 사람을 미워하거나 불쾌하게 여긴다. 그러므로 무뢰한이 손해를 보는 것이다.

제 돈으로 술을 먹을지라도 술주정을 할 정도로 먹어서는 안 된다. 술이 취해서 길거리에 실례를 하거나 비틀거리는 것은 자신을 무시하는 정도가 아니라 천시賤視하는 것이다.

무엇이든지 주관하면 아름답지만 그 속에 빠지면 천해 보인다. 물을 주관하면 수영을 즐기지만 물에 빠져버리면 죽는다. 주관하는 것은 즐기는 것이지만 빠지는 것은 그것에 파묻혀 헤어나지 못하는 중독이다.

무엇이든지 중독 증세를 보이면 정도를 벗어난 사람이다. 아무리 재미있어도 예禮와 도道가 있어야 하고, 절제가 있어야 한다. 절제를 잊고, 윤리성과 도덕성을 잃어버리면 인간이면서 인간 이하의 인간으로 자기를 내팽개치는 것이다.

나를 사랑하는 길은 나를 주관하는 일이다. 나를 주관함에 있어 뜨거운 감정은 냉정한 이성의 검증을 받아야 한다. 그래서 니체는 이성의 검증이 없는 감정은 올바른 것이 아니라고 했다.

제자들을 지도할 때에 자신을 존중하도록 하기 위하여 애쓴다. 길거리에 담배꽁초를 함부로 버리는 것도, 차창 밖으로 쓰레기를 함부로 던지는 것도 모두가 자신을 소중히 여기지 않는 행위라고 지도한다.

자신을 소중히 여긴다는 것은 개인주의나 이기주의가 아니다. 나를 존중하므로 모두를 존중하고, 더불어 위하여 존재한다는 사실을 이해하기 때문이다.

나와 유사한 삶을 산 사람은 있어도
나와 똑 같은 삶을 산 사람은 없다.
내가 살아가는 인생은 전무후무한 삶이기 때문에
나는 지금 유일한 드라마를 연출하고 있는 셈이다.

드라마나 영화는 주인공 한 사람에 조연과 단역들로 채워진다. 그리고 주인공은 대부분 가장 유명한 탤런트로 캐스팅한다.

드라마의 전개 과정을 보면 주인공 한 사람을 부각시키기 위하여 모든 배우와 스탭들은 혼신의 노력을 다한다. 그리고 드라마를 보는 시청자 역시 조연이나 단역들에겐 별 관심이 없고 주인공에게서 시선을 떼지 못한다. 주인공이 잘 되기만을 바라는 것이 시청자들의 염원인 것이다. 주인공이 고통을 받으면 그것이 곧 자신의 고통인 양 속상해하고, 주인공이 고통에서 벗어나 행복을 되찾게 되면 자신의 일인 양 대리만족을 한다.

드라마는 그 속성이 이미 정해진 배우들과 되어진 시나리오에 의하여 전개된다. 작가와 연출자의 머리 속에 결정되어져 있는 시나리오가 전개되어지는 것이다. 그래서 주인공은 연기를 하기 전에 이미 알고 있는 스토리에 따라 그야말로 연기를 할 뿐이다. 시청자 역시 드라마를 보면서 이것은 사실이 아니라 연기라는 것을 알면서도 거기

에 몰입되는 것은 드라마의 내용들이 사람 살아가는 일상
을 이야기하기 때문이다.

마찬가지로 드라마가 삶의 한 단면이라면 인생 역시 드
라마라고 할 수 있지 않겠는가?

내가 살아가는 인생이 드라마라고 생각할 때 이 드라마
의 주인공은 내 자신이 되는 것이다. 내 인생에 대하여 나
보다 절실한 사람이 있는가?

나와 유사한 삶을 산 사람은 있어도 나와 똑 같은 삶을
산 사람은 없다. 내가 살아가는 인생은 전무후무한 삶이
기 때문에 나는 지금 유일한 드라마를 연출하고 있는 셈
이다.

내 주변에서 나를 협조하거나 걱정해주는 이가 많아도
그들은 내 인생의 조연 내지 엑스트라들일 뿐, 내 인생의
주인공은 내 자신일 수밖에 없는 것이다.

사람들은 자신이 숭배하는 신神이나 성현들이 자신의
인생을 올바른 방향으로 리드해 주리라 생각하고 의지하
지만 성현들 역시 내 인생의 안내자요, 따라서 조연일 뿐,
주인공은 되지 못한다.

내 인생은 내가 살아가야
지 누가 나를 경영해 주
겠는가?

태초의 에던동산의
드라마를 보라.

자신이 원하는 방향과 전

혀 다른 방향으로 전개되어지는 드라마를 보고 있으면서
도 어찌할 수 없었던 것이 신인데 어찌 내 인생의 주인공
이라고 할 수 있겠는가?

나의 감정을 다스리고, 내 인생을 경영하는 것은 결국
내 몫이라는 것을 깨치는 것이 내 인생 드라마의 스토리
를 이해하는 길이다.

나라는 연기자는 비록 이 다음의 대사에 대하여 아는 바
가 없지만 인생의 세트장에서 주어진 연기를 충실히 소화
시켜 내야 할 책임은 있는 것이다. 즉, 오직 성실과 진실로
서 주어진 연기를 소화해서 나를 위하여 조연과 단역으로
참여하는 모든 연기자가 성공함으로서 모두의 성공이 되
게 해야 한다.

비록 드라마의 과정은 고난과 서러움으로 시청자를 긴
장되게 했지만 드라마의 종영은 해피엔딩Happy Ending으로
모든 이에게 행복감을 심어줄 수 있는 연기여야 하는 것
이 나의 인생이라는 드라마다.

바꿀 수 없는 흐름

이제 인간이 자연으로 돌아가야 한다.
계절의 흐름에 순응하고,
스스로 조화롭게 그 균형을 유지해가는 자연스러움에서
삶의 의미와 방향을 모색하지 않으면 안 된다.

 개천의 작은 물은 그 흐름을 바꿀 수 있지만 해류와 같은 큰물의 흐름은 바꿀 수가 없다.

알고 보면 인위적으로 바꿀 수 있는 것보다 바꿀 수 없는 것이 더 많다. 방안의 온도야 마음대로 조절할 수 있지만 계절을 바꿀 수는 없고, 또 밤낮을 바꿀 수도 없다. 오늘 하루 스케줄은 바꿀 수 있어도 운명運命의 흐름은 바꿀 수 없고, 개인이나 국가의 사소한 일들은 인위적으로 조절이 가능해도 신神의 섭리에 의한 역사의 흐름을 거역할 수는 없는 것이다. 그런데도 사람들은 순응해야 할 것에 대하여서도 도전을 하여 많은 재앙을 낳게 했다.

자연은 흐름을 거역하는 법이 없고 오직 순응과 조화만 있을 뿐이다. 큰 산이 작은 산을 누르는 법이 없고, 계절이 바뀌는 법이 없고, 밤과 낮의 순서도 바뀌지 않는다. 억겁의 세월을 겪으면서도 그 흐름에 순응하므로 자연의 질서가 유지되는 것이다.

자연을 보면서 사람들이 배워야 할 것들이 한두 가지가 아니다. 자연을 자연스럽게 두지 않고 필요 이상으로 간섭을 해서 자연을 불쾌하게(?) 하고 있다. 아니, 이 시대의 사람들은 자연을 불쾌하게 하는 것을 넘어 마음대로 이용하려고 하고 있다. 따라서 우리의 후손들은 조상들이 저질러 놓은 자연에 대한 업業으로 인하여 커다란 고통을 당해야 하지 않을까 염려된다.

개인의 분노는 사소한 화풀이로 마무리될 수 있겠지만 자연의 분노는 인류의 존망을 좌우하는 재앙으로 나타나기 때문이다.

하나의 생명이 존재하려면 태양을 중심 삼고 땅의 보호를 받아야 하듯이 사람 역시 그 육신은 자연으로부터의 보호를 받아야 하고, 위로는 천지신명의 가호加護가 있어야 한다. 그래서 땅에는 계절이 있듯이 하늘에는 섭리가 있어서 거기에 순응하고 순종해야 한다. 그런데 인간들은 자신의 이성理性에 스스로 매몰되어 땅과 하늘을 경외할 줄 모르게 되었다.

발전이라는 이름으로 자연을 파괴하고, 평화라는 이름으로 전쟁을 일삼고 있으니, 그 발전과 평화라는 명분 뒤에는 인간성의 파괴와 자멸의 길이 있을 뿐이다. 평화나 발전이라는 것은 인류가 추구하는 보편적 가치로서의 '목적'이다. 헌데 평화라는 명사는 전쟁을 위한 도구가 되었고, 발전이라는 명사는 인간의 추악한 욕망을 충족시키기 위한 수단이 되었다.

오늘날 인간세계의 부조리함이 어찌 에덴의 가인을 허물하겠으며, 과거 소돔성의 타락을 손가락질 하겠는가?

곁눈질로 얼핏 보
면 이보다 더
좋은 세상이
없었다고 착
각할 수도 있

겠으나 마음의 눈으로 그 속을 들여다 보면 이보다 더 타
락한 시대가 있었던가 싶다.

　이제 인간이 자연으로 돌아가야 한다.

　계절의 흐름에 순응하고, 스스로 조화롭게 그 균형을 유
지해가는 자연스러움에서 삶의 의미와 방향을 모색하지
않으면 안 된다. 결국 인간이 기다리는 모델적 사상과 인
물도 자연스러움의 철학을 삶의 철학으로 보편화시켜서
그것을 일반화시키려는 의지의 사람일 수밖에 없는 것이
다.

인간은 성인聖人의 씨와
속인俗人의 씨를 동시에 가지고 있는
야누스적 존재다.

공룡이 사라진 이후 고래가 가장 큰 동물의 위치를 차지하게 되었다. 그래서 고래잡이를 일컬어 포경捕鯨이라고 하며 가장 큰 사냥으로 친다.

그런데 비뇨기과에서 인체의 한 부분에 불과한 수술을 일컫는 언어도 역시 포경包莖수술이라고 표현한다. 물론 고래사냥을 일컫는 포경과 인체 수술로서의 포경은 그 어의語義가 다르지만 발음은 동일한 것이 어찌 우연이라고 하겠는가?

물론 이것은 커다란 논리의 비약 내지는 모순이 있다는 것을 모르는 바 아니지만 둘 다 고래잡이라는 상투적인 언어에 대한 이해 이상의 것을 생각해보자는 것이다.

돈으로는 평가할 수 없으리만치 작지만 가장 귀중하고 큰(?) 것이 사람의 성기性器라 하면, 가장 크지만 몇 푼의 돈으로 사고 팔 수 있는 작은(?)것이 고래로서, 둘 다 같기도 하고 다르기도 한 속성을 가지고 있다. 고래가 모양은 가장 크지만 가치로는 작고, 모양은 작지만 가치로는 가장 큰 것이 성기이기 때문에 둘 다 고래잡이가 된다는 말이다.

　사람의 생식기生殖器 보다 큰(?) 것이 있는가? 기능으로
는 몸의 일부이지만 가치로는 몸의 전부이고, 기능으로는
쾌락의 도구이지만 가치로는 윤리와 도덕의 기준이 된다.

　동물에게서의 생존과 번식을 위한 도구로서 성기는 그
야말로 생식生殖을 위한 기구器具일 뿐이지만 인간에게 있
어서의 성기는 도덕률이라는 정체성正體性의 척도가 되기
때문에 성기보다 소중한 것이 없는 것이다. 나아가 성기
는 음양陰陽의 척도로서 우주성宇宙性을 띤 것이기 때문에
대체할 수 없는 숭고한 가치를 갖는다.

　음양의 질서로부터 자유로울 수 있는 존재는 없다.

　우주는 음양의 질서에 의하여 존재와 생존과 번식을 유
지하는 것이다. 즉, 존재를 위한 메커니즘 그 자체인데, 그
중심의 위치와 가치를 지
니고 있는 것이 남과 여
라는 인간이며, 그 남여
를 상징하는 본질이 성性
이기 때문에 성기야 말
로 우주 질서의 핵이
되는 것이다.

　역사적으로 보면 제
왕이나 제국들이 모두
성에 의하여 농락당했
던 것은 그것이 가장 크

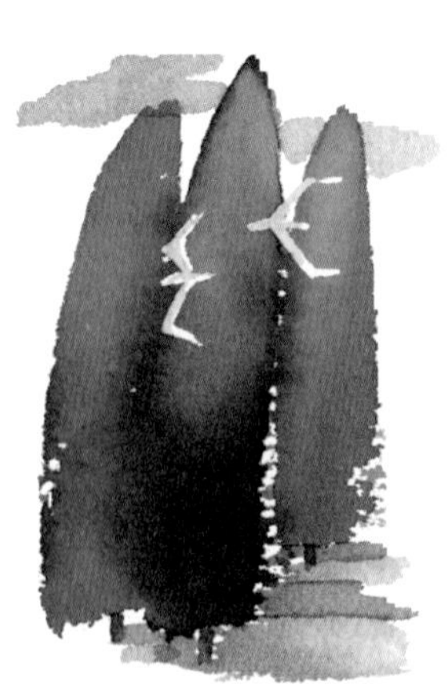

고 소중한 의미를 지녔기 때문이다. 성性을 주관하면 성聖에 이를 수 있었고, 성性에 주관 받으면 속俗의 범주를 벗어날 수 없었던 것이다. 그러므로 성聖과 속俗은 한 뿌리에서 열린 두 가지 열매와 같은 것이지, 성聖과 속俗의 뿌리가 다른 이원적인 성질이 아니라는 말이다.

그러고 보면 인간은 성인聖人의 씨와 속인俗人의 씨를 동시에 가지고 있는 야누스적 존재다.

이제 작은 것을 가장 큰 것으로 이름 지어서 포경이라고 하는 어의語義를 깊이 생각해 볼 일이다. 가장 작은 것에 주관 받으면 가장 작은 소인이 되는 천지天地의 질서를 잊으면 안 된다. 그렇다고 대인大人이 되기 위함이 아니라, 그것이 인간의 정체성을 확립하는 길이기 때문에 성性의 주관자가 되어야 하는 것이다.

모자람과 조화

인간에게 있어 무신無神의 무의미無意味함도 끔찍하지만
신에게 있어 무인無人의 공허함 역시 신에게는 형벌이며
고통일 수밖에 없을 것이니, 신을 완전케 하는 것도 인간이고,
신을 불안전한 존재로 만드는 것도 인간이다.

존재하는 모든 것이 스스로는 완전한 것이 없는 모자람의 세계이다. 서로간의 관계 속에서 완전해진다는 말이다.

자연의 에너지가 에너지 그 자체로는 별 의미가 없지만 생명의 조건과 만나기만 하면 오묘한 생명체로 완전해지지 않는가?

풀 한 포기 없는 사막에서의 태양빛은 저주(?)의 빛이지만 생명이 가득한 모든 자연에게는 축복의 빛으로 나타난다. 이는 빛의 차이가 아니라 빛을 빛되게 하는 조건의 차이다.

최첨단이라고 자랑하는 기기들도 수많은 부품들의 조합으로 제품이 완성되었다. 그러나 그 부품들을 분해해놓으면 아무짝에도 쓸모없는 고철에 불과한 것들이다.

인간 역시 스스로는 모자라는 존재이기 때문에 연합해서 살아야 완전해진다. 그러므로 부부지간에도 자신이 모자라는 존재라는 것을 알고 겸손해져야 한다. 즉 아내는 남편을 통하여 완전해지고, 남편은 아내를 통하여 완전해

져야 한다는 말이다.

대부분의 불화는 어떻게 오는가?

자신은 완전한데 상대방이 부족하다고 생각하는 불만으로 인하여 불화가 생긴다. 정말로 완전한 존재라면 불화하지 않는다. 왜냐하면 완전하니까…….

신神이 인간과 불화하지 않고, 자식을 이기는 부모가 없는 것은 지는 것이 이기는 것이라는 사실을 아는 완전한 사랑을 소유했기 때문이다. 부모는 자식의 모자람을 탓하지 않고 자신이 채워줘야 한다는 의식으로 살지 않는가!

부모의 감정이 자식에 의하여 완전해지듯이 신 역시 인간으로 인하여 완전해지는 것이다. 사람들은 신을 불신하는 인간에 대하여서는 별의별 평가를 다 하면서도 인간이 존재하지 않는 신에 대하여서는 그다지 상상조차 하지 않는 모순을 가지고 있다.

그렇다면 인간이 없는 신은 어떠한 모습이며 어떠한 감정일까?

인간에게 있어 무신無神의 무의미無意味함도 끔찍하지만 신에게 있어 무인無人의 공허함 역시 신에게는 형벌이며 고통일 수밖에 없을 것이니, 신을 완전케 하는 것도 인간이고, 신을 불안전한 존재로 만드는 것도 인간이다.

존재가 관계를 통하여 형성되거나 완전해지듯이 감정도 관계를 통하여 창조되기 때문에 관계성을 갖지 않는 단독자라는 것은 애초에 그 의미가 없다.

예수나 석가가 설파했던 이상향에 대한 가르침도 결국

너와 나, 관계성의 조화에
서 찾았던 사실에 비춰본
다면 지옥이니 연옥이니
하는 것도 관계성의 파괴
에서 비롯되는 것 아니겠
는가?

건강도 자연과의 관계성의 파괴에서 오
고, 죽음이라는 것도 지금까지 관계 맺은 모든 것과의 관
계를 접고 새로운 관계의 시작이라는 사실을 이해한다면
자기 스스로가 얼마나 모자라고 무력한가에 대한 자각으
로 완전한 감정을 되찾아가야 하겠다.

통通하면 도道지

자기가 믿는 종교의 신당神堂에 엎드려
천통天通을 구하지 말고 관계 맺고 있는
인간관계에서의 인통에 문제가 없는지 되돌아볼 일이다.

 소로小路는 막다른 길이 있지만 대로大路는 막힘이 없다.

무엇이든지 통通하면 아픔도 없고 불행도 없다. 모든 고통은 통하지 않음에서 비롯되기 때문이다. 생명이 유지되려면 기신혈氣神血이 잘 통해야 한다. 이것이 통하지 않으면 질병과 죽음이 온다. 물도 통하지 않으면 해충이 들끓고, 공기도 통하지 않으면 생명을 창조하지 못한다.

이성理性이 없는 자연도 통해야 생존하고 존재하는 도道를 어기는 법이 없다. 그렇다고 통하기 위하여 애써 노력하거나 강요하지 않는다. 그냥 존재하므로 도를 이루고 있는 셈이다.

그런데 사람은 어떠한가? 굳이 도를 통해보겠노라고 필사적인 노력을 하기도 하고, 도를 통했다는 사람이 나타나면 별스럽게 경의를 표하곤 한다. 자연은 모든 것이 자연스럽게 통하고 있는데 인간은 도를 특별한 것으로 여기고 있으니 만물의 영장으로서 별나긴 별난 모양이다.

모든 사람이 공히 호呼와 흡吸으로 통하고 있으며, 섭취와 배설로 통하고 있는데 또 무슨 도를 통하려고 하는가? 이제 남은 도가 있다면 너와 내가 통하는 것만 남아 있다고 하겠다.

도를 통한다고 하면 한결같이 천통天通만 생각하는데 하늘과 통하려는 망상을 버리고 인통人通에 주력할 일이다.

에덴의 사람들이 너와 나라는 인통에 실패하니 그것이 족쇄가 되어서 오늘까지 인류의 전진을 가로막고 있지 않는가.

자기가 믿는 종교의 신당神堂에 엎드려 천통天通을 구하지 말고 관계 맺고 있는 인간관계에서의 인통에 문제가 없는지 되돌아볼 일이다.

나와 가장 가까운 부부지간에 막힘이 없는가?

나를 아는 이들이 드나드는 내 마음의 문이 닫혀있지는 않는가?

생각해보면 마디마디마다 막힘이 많을 터인데 그게 바로 도道가 막힌 것이다. 인체에 흐르는 실핏줄의 길이가 지구를 몇 바퀴 돌고도 남음이 있다고 하지만 건강한 사람은 거기에 막힘이 없다. 마찬가지로 내가 아는 이와 나를 아는 이와의 관계에서 통하지 않음이 있다면 그것을 통하는 길이 도를 통하는 길이라는 사실을 깨달아야 하는 것이 도통道通의 지름길이다.

특히 도에 관심이 많은 종교인들이 유념해야 할 것은 서로간에 통함이 없어서는 안 되겠는데 가장 불통不通의 상징이 종교가 되었으니 도는 어디에서 누구와 통하려는

지……?

　예수는 인종과 국경은 물론 원수까지도 통했으니 완전한 도를 통했는데, 예수를 믿는 이들은 통하는 것보다 통하지 못하는 것이 더 많다. 아니, 자기가 믿는 예수와도 통하지 못할 소로小路에 갇혀서 오도 가도 못한다.

　예수의 신통神通은 인통人通에서 비롯되었다. 그런데 사람들은 인통을 무시한 채 신통만을 바라고 있으니, 그런 사람에게는 애초부터 신통은 존재하지도 않는 것이다.

크고도 큰 마음, 작고도 작은 마음

경계가 없는 그 마음도 넘지 못하는 경계가 있으니 그게 바로 타인
의 마음이다.
그가 내 마음속에 들어왔는가 싶다가도 저 바깥에 서성이고 있고,
내가 그의 마음속에 들어갔는가 싶었는데 아직도 그의 마음의 언저
리에서 탐색을 하고 있으니 마음같이 무능한 게 또 있을까?

 마음은 그 크기를 측량할 수 없다. 너무 커서
극대極大이거니와 너무 작아서도 극소極小다.

마음속에 인류와 우주를 담아도 차지 않을 때가 있지만
때로는 내 자신도 들어갈 틈이 없으리만치 옹졸해짐을 느
낄 때가 있다. 그럴 때마다 알 수 없는 것이 마음이라는 생
각이 든다.

몸의 크기는 무게와 비례하지만 마음은 오히려 반비례
하는 것은 또 무슨 조화인가? 대인은 큰마음을 가져 포근
하고 정다워서 그 분을 느끼는 마음의 무게는 더 가볍고,
소인은 작은 마음을 가졌으나 상대방이 느끼는 마음의 무
게는 더 무거운 것을 보면 도대체 마음의 무게는 그 기준
이 무엇일까?

마음은 어디라는 공간으로 규정할 수 없고, 언제라는 시
간으로 표현할 수 없다. 그것은 언제(시간)와 어디(공간)가
마음속에 있기 때문이다. 상상력과 호기심의 한계가 없고
흐름을 통제할 수 없는 자유 그 자체이다.

몸은 타인이 나를 통제할 수 있지만 마음은 스스로 통제

38

하지 않으면 방종에 이르게 된다. 그래서 자유란 스스로를 통제한 결과이지만 방종은 스스로에 대한 통제력을 잃어버린 마음이기 때문에 성인聖人과 범인凡人이 구분되는 것이다.

마음은 바깥이 없다.

즉 지대무외至大無外하지만 그렇다고 안에 갇혀 있는 것, 즉 지소무내至小無內도 아니다. 그러면서도 모든 것을 마음 안에 내포하고 있으니 마음의 상상력이 미치지 못하는 곳이 없다.

그 상상력과 호기심은 사물의 겉만 감상하는 것이 아니라 그것이 담고 있는 법칙까지 알아내어서 필요에 따라 만들어 놓은 것들이 삶의 도구들이다. 그런가 하면 그 사물의 유래를 찾거나 존재에 대한 의미를 부여해서 철학과 예술 같은 전혀 새로운 가치를 창조해가는 것이다. 그래서 사람은 사고思考를 통하여 사물事物을 만들어내는 재주를 가진 것이다.

그런데 경계가 없는 그 마음도 넘지 못하는 경계가 있으니 그게 바로 타인의 마음이다. 그가 내 마음속에 들어왔는가 싶다가도 저 바깥에 서성이고 있고, 내가 그의 마음속에 들어갔는가 싶었는데 아직도 그의 마음의 언저리에서 탐색을 하고 있으니 마음같이 무능한 게 또 있을까?

뱉어놓은 것을 주워 먹거나 싸놓은 것을 다시 먹는 것을 동물들이나 곤충들은 할 수 있지만 사람은 그런 법이 없다. 그런데 무엇을 함에 있어 아침에 마음을 먹었다가도

그 마음을 완전히 소화해내지 못하고 저녁쯤에 다시 뱉어
놓고 있으니, 뱉었다가 다시 주워 먹고 먹었다가 다시 뱉
는 것을 반복하는 것은 마음뿐일레라.
　그러고 보면 사람이 미물보다 못한 것이 한두 가지가 아
니다.

종 횡縱橫의 도道

무수한 가지인 횡橫이 존재할 수 있는 것은
튼튼한 줄기인 종縱이 있기 때문이다.
도끼로 줄기 밑동을 찍어버리면
모든 가지는 이내 생명을 다하지 않는가.

우주의 질서는 수직 종 과 수평 횡橫의 도道에 의하여 유지되고 운행된다.

그러므로 종횡縱橫의 도가 깨어지면 운행의 괘도 흐트러지게 되어 있는 것이다.

우리가 살아가는 건축을 보더라도 종횡의 기본적인 구도 아래서 축조되어진다. 기둥이 완전한 종을 이루지 못하면 지붕은 물론 기둥 스스로도 버티지 못하고 쓰러지고 만다. 그래서 완전한 종은 완전한 횡을 창조해낼 수 있는 이유가 여기에 있다.

나무의 줄기와 가지와의 관계 역시 그렇다.

무수한 가지인 횡橫이 존재할 수 있는 것은 튼튼한 줄기인 종縱이 있기 때문이다. 도끼로 줄기 밑동을 찍어버리면 모든 가지는 이내 생명을 다하지 않는가.

자연계의 모든 법칙도 그러하지만 인간세계 역시 동일한 법칙이 적용되는 바, 부자지간父子之間은 모든 윤리의 기초가 된다. 부자지간의 효孝와 사랑이 바로 서게 되면 세상의 모든 도덕적 질서가 바로설 수 있는 가능성이 있지만 그것이 무너진 사회 속에서는 인륜人倫 자체를 기대하기 어렵다.

인간이 인간다우려면 예禮와 도를 갖추어야 하는 바 그 예도禮道라는 것 역시 효孝에서 비롯된 마음이다. 그래서 인간의 성장을 육체적인 것에만 그 기준을 두어서는 안 된다. 마음의 성장, 즉 바른 예도를 성장의 기준으로 삼아야 하지 않겠는가?

마찬가지로 사회적인 시스템이나 도구의 발전에다 그 기준을 두고 인류역사의 발전을 논하는 것은 역사발전을 규정하는 언어의 빈곤에서 오는 착각이다. 삶의 근간이 되는 것은 예와 도를 얼마나 잘 지키느냐에 있는 것이지 시스템이나 도구의 문제가 아니기 때문이다.

그런데 불행히도 효와 열烈이라는 종횡의 근본적인 도장道場이 되어야 할 가정의 문제가 사회적인 고민으로 등장했으니 인간의 도덕적인 가치를 어디에서 찾겠는가?

그로 인하여 사제지간師弟之間이라는 교육현장의 종횡이 무너지고, 군신君臣이라는 사회적인 종횡이 무너진 것은 그 뿌리가 되는 가정적인 종횡이 무너지므로 비롯된 당연한 결

과다.

그러나 이러한 진단 역시 결과론적인 것으로서 근본적인 진단은 되지 못한다. 알고 보면 종횡의 뿌리는 신인지간神人之間에서 비롯되며 심신지간心身之間에서 비롯되는 것이다.

이것은 정신적인 가치를 존중하는 인간의 고유한 영역으로서 인간이 존재하는 법칙이며 의미 그 자체이기 때문이다.

인간을 제외한 모든 것은 시간과 공간의 장단長短과 대소大小에 의하여 그 가치를 평가할 수 있지만 인간은 정신적인 삶의 질에 의하여 평가되지 않는가? 즉 자연은 횡적 가치로서 상대적인 가치로 평가가 가능하지만 인간은 종적 가치로서 절대 가치를 갖는 이유가 여기에 있기 때문에 종적 가치의 근본인 신과의 관계를 그 기준으로 설정하지 않으면 안 되는 것이다.

말이 그렇다는 거지

인간관계가 경직되면 가장 먼저 나타나는 현상이 언로의 단절이다.
언로의 단절은 마음의 단절을 의미하는 것인데
거기에 무슨 발전이 있겠는가?

어떤 지도자가 대중 강연을 한 후 여기저기 다니면서 내 강의가 어땠느냐고 겸손히(?) 여쭙고 다녔다. 질문을 받는 이마다 '정말 훌륭했다'고 격찬을 아끼지 않았다. 그 지도자의 얼굴에는 흐뭇한 미소가 가득했다.

그러나 칭찬을 했던 사람들의 마음을 들여다보면 '말이 그렇다는 거지…'라는 뒷말이 묻혀 있다. 그런데 그이는 그 묻혀 있는 말은 들을 줄도, 읽을 줄도 모르고 들리는 소리만 듣는다. 그러니까 그는 소리만 들은 거지 말을 들은 것이 아니다. 아마도 어디를 가서나 그러한 말에 놀아났을 가능성이 많다.

말을 들어야 아나?

말 너머의 마음을 볼 줄 아는 사람은 상대방으로 하여금 마음에 없는 말을 하게 하는 수고를 끼치지 않는다. 정말로 객관적인 지도를 받을 사람이라면 타인에게 묻기 전에 상대방의 마음을 읽는 수도修道부터 해야 한다. 왜냐하면 겸손하면 배우게 되는 거니까.

그러나 자신에 대한 확신으로 가득 찬 사람은 배우려고 들지 않는다. 자만과 교만은 갈수록 자신을 퇴보시킬 뿐 발전을 도모할 수 없다. 그런 사람은 그때부터 통치 수단으로서의 직책이 되어 버린다. 그래서 독재자들의 말로가 처량한 것이다. 독재자의 주변에는 언제나 많은 사람들이 들끓지만 마음을 주고받을 수 있는 사람은 별로 없는 법이다. 그러한 지도자와는 언로言路가 막혀버리게 되어 흡사 혈관에 흐르는 피의 막힘과 같다.

인간관계가 경직되면 가장 먼저 나타나는 현상이 언로의 단절이다. 언로의 단절은 마음의 단절을 의미하는 것인데 거기에 무슨 발전이 있겠는가?

지도자가 착각 속에 살면 안 된다.

아랫사람의 칭찬에 마음이 놀아나면 자신에 대한 판단이 흐려지게 되어 있다.

못난 아이는 못난 아이지 잘난 아이가 아니다. 그런데도 예쁘다고 하는 것은 접대용 멘트지… 말이 그렇다는 거지…

처녀가 시집 안 가겠다는 것이나, 늙은이가 빨리 죽고싶다거나, 장사가 손해보고 판다는 것은 모두 말이 그렇다는 거라는 것을 알면서 나를 향한 멘트들도 그렇다는 것을 왜 모르는지……?

초보자는 그림을 보지만 대가는 그림 너머의 마음을 보게 되고, 초보자는 봐야 보는 것이지만 통하게 되면 보지 않고도 볼 수 있는 눈이 생기는 것을 알아야 한다.

작곡가에게 귀머거리가 된다는 것은 화가가 장님이 됨과 같은 것이지만 악성 베토벤은 말년에 귀가 먹은 상태에서 불후의 명곡을 남겼다.

듣지 않고도 들어야 할 지도자가 듣고도 못 들으면 어쩌자는 것인가? 따르는 대중이 불쌍해지는 것이지.

필자도 지금까지 말과 글로 산 사람이다. 나에 대한 칭찬을 꽤나 들었다. 그러나 그 중에는 '말이 그러하다는 거지…'가 꽤 많았을 것이라 생각한다. 그런데도 그 말을 들을 때마다 귀맛이 좋았으니 나도 속절없는 광대가 된 것이 아니겠는가.

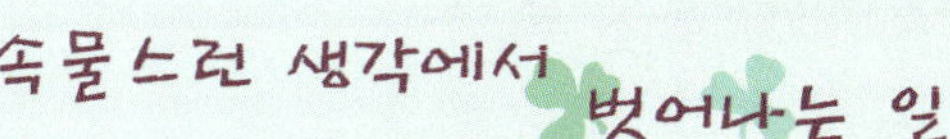

속물스런 생각에서 벗어나는 일

백발에 염색을 했다고 검은 머리인가?
조화에 향수를 뿌린다고 생화가 되나?
보석을 똥주머니에 넣는다고 똥이 되나, 똥을 보석함에 넣는다고 보석이 되나?
무엇을 어떻게 해도 제 모습이 달라지지 않는 것을…….

그동안 타고 다니던 비싼(?) 중형차를 처분하고 소형차로 바꿨다. 차를 바꾸는데 오랜 기간 생각을 해야 했다. 오 년 동안 중형차를 타다가 소형차로 바꾸려니 자존심, 체면 때문에 망설임이 꽤 있었다.

내 개인적으로는 경제적인 사정이 크게 달라진 것도 없고, 그것을 타는데 그다지 부담이 되는 것도 아니었다. 그런데도 차를 바꿔야 되겠다는 대견한(?) 생각을 하게 된 것은 그래도 일말의 양심 때문이었다.

이집 저집 방문을 많이 해야 하는 직업을 가진 나로서 지인知人의 가정을 방문해 보면 요즈음 경제가 말이 아니라는 것을 피부로 느낄 수 있었다. 많은 사람이 직장을 잃고 어려운 생활을 하고 있고, 어렵게 사는 사람은 중형차의 한달 기름값에도 미치지 못하는 돈으로 생활을 하느라고생이 말이 아니었다. 그렇게 어려운 집을 중형차로 방문하면서, 또 몇 천 원짜리 선물을 들고 가는 내 모습을 보면서, 많은 생각을 하게 되었다.

어려운 이웃을 곁에 두고 중형차를 타는 것이 항상 마음에 걸렸다. 그러나 막상 바꾼다고 생각하자 주변 사람들과 더불어 내 마음도 별 희한한 생각으로 자신을 합리화하는 요사스러운 망설임이 있었다.

강의를 위해서 장거리 여행을 많이 해야 하기 때문에 안전도 생각해야 하고, 사회활동도 해야 하기 때문에 의전상 필요하기도 하다는 등…… 그러나 그러한 것들은 모두 중형차에 대한 내 미련일 뿐, 그 이상도 그 이하도 아니었다.

백발에 염색을 했다고 검은 머리인가? 조화에 향수를 뿌린다고 생화가 되나? 보석을 똥주머니에 넣는다고 똥이 되나, 똥을 보석함에 넣는다고 보석이 되나? 무엇을 어떻게 해도 제 모습이 달라지지 않는 것을…….

나를 값싼 고철덩이 속에 담고 다니는 것보다 조금 더 비싼 고철덩이 속에 담아 다니면 좀더 나아 보이리라는 생각이 얼마나 한심한 생각인가?

값싼 천으로 나를 감싸기보다 값비싼 천으로 휘감고 다니면 돋보이리라 생각하는 이 한심한 중생이여! 송장에 비단옷을 입히나 누더기를 입히나 달라질 것이 무엇이란 말인가?

그동안 도의 길을 가노라 하고 살았지만 백발에 염색을 해 놓고 검은 머리라는 삶을 살았고, 조화에 물을 주면서 생화를 가꾼다고 가르쳤던 세월이런가?!

자동차를 가지고 나를 돋보이게 하려던 초라한 내 영혼을 돌아보니 자동차를 바꾸는 게 그다지 어렵지 않았다.

바꾸고 나니 마음이 이렇게 편한 것을……

　몸이 편하고 마음이 불편한 것보다 몸이 불편해도 마음이 편한 것이 사람이 사는 것이라는 것을 모르는 이 없지만 그렇게 하기란 쉽지 않다.

　내가 자동차를 바꿨는데도 사람들은 별 관심이 없다. 괜히 나 혼자 심각했을 뿐이다.

　살다보면 타인은 내게 관심도 없는데 나 혼자 남의 눈을 의식하는 경우가 얼마나 많은가? 사람들이 관심 있는 것은 삶의 내용이지 삶의 형식이 아니라는 것을 생각하면서 매사를 그렇게 살 수 있는 나였으면 좋겠다.

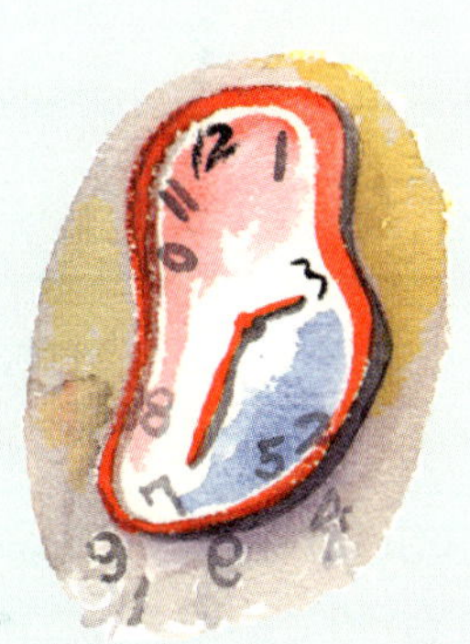

사람들이 '종교는 싫어해도 성인은 좋아하는' 이유를
이 시대의 종교는 깨달아야 한다.

광대무변한 우주宇宙로부터 눈에 보이지 않는 입자에 이르기까지 '위하여' 존재하는 것이 우주의 공도公道이다.

사람도 가장 공적公的일 때 성聖스럽고, 사적私的일 때 속물俗物스럽다. 그렇기 때문에 공과 성이 통하고, 사와 속이 상통하는 것이다. 오늘날과 같이 공직자公職者와 성직자聖職者가 분리되어 있는 것은 타락의 결과로 비롯된 것일 뿐 이상세계理想世界에서는 공직자가 곧 성직자여야 한다.

우리가 살고 있는 동洞의 동장洞長이 정말 그 동을 위하여 공의公義로운 마음으로 희생하고 봉사한다면 그 분이 그 동의 성직자일 것이며, 부모가 자식을 내 가문의 자식으로만 기르지 않고 사회와 나라와 세계를 위하여 살도록 길렀다면 그 부모가 성부聖父, 성모聖母가 되는 것이다.

그런데 공직자는 물론 부모들마저도 자식을 사리私利에만 밝은 사람으로 기르기 때문에 하나님께서는 종교를 세워서 공리公利에 눈을 뜨도록 가르치신 것이다. 그런데 종교마저도 신앙인들에게 '모두와 모든 것'을 위한 공리를 가르치지 않고 어떻게 하면 내 종교의 울타리 속에 가둘 것인가에 대한 기술만 발달하여 사리에만 눈이 밝은 경향이 있다. 종교가 이러한 추세로 나간다면 성직이라는 자리 그 자체가 성직자 자신을 참소하는 날이 올 것이다. 그러므로 성인들이 공리를 가르치고 공의를 위하여 살았던 것처럼 이 시대의 성직자도 종교적 이기심을 버리고 공인으로 돌아가야 한다.

예수님이 기독교인인가?

석가세존이 불교인인가?

기독교인들이 예수님을 믿는 것은 짝사랑일 뿐, 예수님이 기독교를 믿은 것은 아니다 그런데 오히려 성인을 자기 종교인으로 전도(?)시켜서 섬기는 중대한 우愚를 범하고 있다. 성인은 에덴의 천리天理인 공리를 가르치려고 왔고, 몸으로 보여주신 분이었으니, 그 분을 믿는 모든 신앙인이 공인의 감정으로 돌아가야 한다.

사람들이 '종교는 싫어해도 성인은 좋아하는' 이유를 이 시대의 종교는 깨달아야 한다. 예수님이나 석가세존께서는 자기를 추종하는 종교인을 사랑하는 것이 아니라 공인을 사랑하신다는 사실을 먼저 기억해야 한다. 태양이 곡식과 잡초를 가리지 않고 살아 있는 생명이면 모두 비추듯……

거울은 내 모습을 보려는 것

거울을 보는 것은
거울 그 자체를 보려는 것이 아니라
거울 속에 있는 나의 모습을 보려는 것이다.

거울을 보는 것은 거울 그 자체를 보려는 것이 아니라 거울 속에 있는 나의 모습을 보려는 것이다. 종교라는 것도 하나님이나 내세나 천당 같은 나 이외의 것 때문에 믿는 것이 아니라 진리라는 거울 속에 비친 내 모습을 보자고 믿는 것이다.

나에 대한 정확한 인식을 하게 되면 하나님이나 내세는 자연히 보이지만 나에 대한 올바른 이해가 없이는 하나님이나 천당도 보이지 않는다. 내 눈이 장님인데 무엇이 보이겠는가?

그런데 사람들은 자기 얼굴에 화장을 하지 않고 거울에다 화장을 하고 있다. 이것은 흡사 종교라는 거울을 통하여 자신의 정체를 바로 파악하지 못하고 그 종교에 몰두해서 종교를 살찌우는데 급급한 자가 많다는 말이다. 그러한 신앙은 결국 자신의 삶을 서글프게 할 뿐이다.

설법이나 설교를 하는 종교지도자들도 자신에 대하여 먼저 눈을 뜨고 남의 눈도 뜨게 해줘야 하는데 자기 자신에 대하여 무지한 사람이 책에서 읽은 것만 가지고 가르치므로 우주보다 큰 인간을 한 권의 책보다 더 옹졸한 인간으로 만들어 버리는 것이다.

웅덩이에 빠진 사람을 건지자고 하는 설교가 오히려 사람들을 자기 설교라는 웅덩이에 빠뜨려서 손바닥만한 하늘을 하늘의 전부라고 생각하게 하는 우愚를 범하고 있는 것이 작금의 종교현실이다.

교육 또한 그러하다.

오늘날 학교 교육의 문제점 내지 한계점은 초등학교부터 최고 학부까지 공부를 해도 '나'에 대한 인식을 제대로 할 수 있는 교육은 없고, 오직 나 이외의 환경에 대한 교육으로 일관하기 때문에 교육을 받아도 올바른 인간성이 형성되지 않는다. 이것은 예컨대 환경을 비출 거울은 있어서 환경은 자꾸만 가꿔 가는데 나를 비출 거울은 없어서 자신을 개선시킬 방법이 없는 것과 같은 것이다.

참된 교육이란 모르는 것을 가르치는 것뿐만 아니라 자기 속에 있는 진리를 일깨워서 자기가 알고 있는 것이 무

엇이며, 모르고 있는 것이 무엇인가에 대해 눈을 뜨게 하는 것이다. 나아가 자기의 정체에 대한 인식을 하게 하는 것이며, 궁극에는 자기라는 존재에 눈을 뜨게 하는 것이다.

사람은 누구나 자신에 대해 무지하면 함부로 언행을 하지만 자신에 대하여 눈을 뜨게 되면 진지해진다.

그래서 하나님께서는 과학이라는 외적인 거울과 종교라는 내적인 거울을 주셔서 에덴의 이상理想을 이루어 살도록 했다. 그런데 오히려 인간의 위치와 가치는 실종된 채 호사스러운 형식과 모양, 그리고 공룡같은 조직만 갖춰 놓았으니, 거울에다 화장하고 옷만 걸어놓은 꼴이 아닐 수가 없다. 그러므로 거울에다 화장을 할 것이 아니라 참된 자아自我를 되찾아서 거울 속의 자기 얼굴에 화장하는 눈 뜬 사람이 아쉬운 시대다.

씨

씨 없는 몸은
씨를 가진 마음을 위하여 존재하는 것이기 때문에
몸은 마음을 위하여 봉사해야 된다.

인간은 본래 씨 있는 생각을 하고 살아가게 되어 있었는데 타락으로 말미암아 '마음의 씨'를 잃어버리고 '씨 없는 몸'을 위한 삶으로 전락하고 말았다. 그런 의미에서 '씨알머리 없는 놈'이라고 욕하는 것은 참으로 계시적인 언어이다. 씨 있는 마음을 버리고 씨 없는 몸을 위하여 사는 삶은 아무리 호사스럽게 살아도 그것은 모두 불행하고 허무한 결과만을 가져올 뿐이다.

식물세계의 종자를 보면 전부 씨눈이 있고, 그 씨눈을 보호하고 기르는 육질이 있는데, 씨눈 없는 육질은 아무리 크고 많아도 생명을 발아시키지 못한다. 육질은 씨눈을 위한 것이므로 씨눈과 관계 없는 육질은 아무런 의미도 없다.

이처럼 씨 없는 몸은 씨를 가진 마음을 위하여 존재하는 것이기 때문에 몸은 마음을 위하여 봉사해야 된다. 그런데 마음이 몸을 위하여 무엇을 입을까, 먹을까 생각하고 고민하는 것은 매우 잘못된 것이다. 오죽하면 예수님께서도 '무엇을 먹을까, 무엇을 마실까, 무엇을 입을까 염려하지 말고 그 나라와 의를 위하여 살라'(마6:24-33)고 하셨겠는가.

예수님이나 성인들의 가르침은 모두가 마음의 씨를 기르는 말씀들이다. 몸의 자극은 순간이지만 마음의 자극은 일생과 영생을 두고 살아 있다. 몸의 자극은 내가 자극을 받아야 반응이 나타나지만 마음의 자극은 남을 자극시켜야 내가 감동 받는 것이다. 맛있는 것을 내가 '먹으면' 입은 자극되지만 마음은 전혀 자극이 되지 않고 맛있는 것을 '먹이면' 몸은 자극되지 않아도 마음이 자극되어서 마음의 씨가 길러지는 것이다. 그래서 마음의 씨는 남을 '먹이고 입히는' 베품의 삶에서 길러지는 것이다.

'그 사람 마음씨 참 좋다'는 말은 남에게 양보하고, 남을 위하여 사는 사람을 일컫는 것이다.

반면에 '그 사람 마음씨가 나쁜 사람'이라고 하는 경우는 자기를 위하여 욕심을 부리고 남에게 손해를 끼치는 사람을 일컫는다. 이러한 말들 속에 마음의 씨를 어떻게 기르느냐는 해답이 나온다. 즉 남을 위하여 살게 되면 마음의 씨가 길러지고, 자기만을 위하여 살면 마음의 씨를 망치게 된다.

이제부터는 위함의 수준을 높이고, 위함의 범위를 넓히고, 나아가 위함의 깊이를 더하여 마음의 씨를 길러야겠다.

말씨

우리가 흔히 '씨'라고 말하면 눈에 보이는 자연계의 씨만을 생각하기가 쉬운데 그것보다 더 중요한 씨가 눈에 보이지 않는 '마음씨와 말씨'라고 하는 것이다. 이것은 인간만이 갖는 특별한 씨로서 눈에 보이는 육신의 씨, 즉 남자의 정자精子와 여자의 난자卵子를 형성하게 하는 조건이 되기 때문에 대단히 소중한 것이다.

자연의 씨도 마찬가지다. 씨와 환경의 관계는 불가분의 관계이다. 오염된 공기나 물이나 토양에서 올바른 생명이 성장할 수 없고, 그러한 생명에 올바른 씨가 형성될 수 없는 것이다.

그렇기 때문에 생명과 씨는 반드시 환경과 더불어 성장하고 여물어 가는 것이지 환경과 상관없이 제 혼자 존재하는 법이 없다.

그런데도 환경을 오염시켜 놓고 좋은 생명이 잉태되기를 바라는 것은 자갈밭에서 좋은 곡식을 거두려는 것이나, 썩은 물속에서 신선한 고기를 기르려는 것과도 같다. 이처럼 씨의 근원은 씨 자체가 아니라 눈에 보이지 않는 우주력宇宙力이기 때문에 눈에 보이는 것보다 눈에 보이지 않는 힘이 더 중요한 것이다.

마찬가지로 사람도 생각과 말을 잘해야 되는데 마음의 씨가 ‘품는 씨’라면 말하는 것은 ‘심는 씨’이다. 그래서 품는 씨를 잘 품어야 심는 씨가 올바로 심어지게 된다. 즉 말은 품고 있는 마음속에서 비롯되는 것이기 때문에 마음을 잘 품어야 한다.

말은 쉽사리 할 수 있지만 실천을 하기에는 어려운 과제가 아닐 수 없다. 밥을 잘 먹기는 쉬워도 마음을 잘 먹기가 쉽지 않다. 밥을 먹으려면 돈과 시간이 투자돼야 하지만 마음을 먹는 데는 전혀 투자될 것이 없는데도 마음을 잘 먹기가 쉽지 않은 것은 마음의 뿌리가 잘못되었기 때문이다. 마음에도 분명 뿌리가 있다.

하나님을 내 마음의 뿌리로 한 사람과 부모를 내 마음의 뿌리로 한 사람, 그리고 마음의 뿌리 없이 자기중심주의로 살아가는 사람과는 마음의 씨가 근본적으로 다르다. 뿌리가 깊을수록 나무의 생명력이 강하고 환경에 영향을 받지 않는다. 반면에 뿌리가 얕을수록 환경의 영향을 받거나 생명의 위협을 많이 받는다.

마찬가지로 하나님이나 부모라는 깊은 뿌리가 있는 마음은 언제나 안정되고, 가치로운 생각을 하게 되지만 자기중심주의로 살아가는 뿌리 없는 마음은 언제나 변덕을 부리게 되고 환경의 영향을 받게 된다.

우리가 말을 하는데는 뿌리를 어디에 두고 하는지에 따

라 말의 가치가 달라진다. 그리고 말에도 눈에 보이지 않는 씨가 있기 때문에 말씨라고 한다. 마음이 보이지 않는다고 해서 생각이 흘러간다고 생각하면 큰 오산이다. 하나님과 영계靈界에서는 사람의 마음을 읽기 때문에 한 가지의 염원을 간절히 품게 되면 그것을 협조해 주게 되어 있다. 그래서 보이지 않는 마음의 씨를 맺는다는 말이다.

마찬가지로 내뱉는 말이 우주공간에 흩어져 없어진다고 생각하면 안 된다. 내가 한 말이 흘러가지 않고 씨가 되어 되돌아올 때가 있기 때문에 말을 해도 좋은 말로 씨를 심어야 되는 것이다. 그렇게 때문에 돈 단속보다 마음 단속과 말 단속을 더 잘해야 되는 것이다.

시내 번화가에 나가보면 사람들이 돈 단속을 얼마나 잘하는지 길거리에 동전 하나 떨어뜨리지 않는다. 그런데도 마음과 말은 하루에도 몇 가지씩 흘리고 다닌다. 그것이 다행히 선한 마음과 말이면 선한 열매를 거두겠으나 그렇지 못한 생각과 말을 흘리고 다니면 결국 자기가 뿌린 씨로 인하여 생긴 고통의 열매를 자기가 거두게 되는 것이다.

사람이 아름답게도 보이고, 추하게도 보이는 것은 결코 몸이 아니라 그 사람의 마음과 말에서 시작하는 것이다.

나를 읽는 책

자신의 삶에 허물이 많은 사람일수록
성인이나 종교를 싫어하는 경향이 많은 것은
자신의 허물이 드러나는 것에 대한 부끄러움과 두려움 때문이다.

소설이나 지식의 책은 '내가 읽는 책'이지만 종교의 경전經典같은 지혜의 책들은 '나를 읽는 책'이다.

성현들이 설說하신 경經을 읽노라면 이천 년 전 예수님이 나의 삶을 읽고, 이천오백 년 전의 공자와 석가가 나의 삶을 읽고 있지 않는가?

지금까지 살아온 나의 과거와 현재를 평가하게 하고, 미래에는 어떻게 살아야 된다는 삶의 지혜까지 보여준다. 그렇기 때문에 내가 읽는 책은 물론 나를 읽는 책을 가까이 해야 할 필요가 있는 것이다.

병원의 의사에게 내 몸을 보이는 것은 내 몸을 좀 읽어 달라는 뜻인 것처럼, 고전古典을 가까이 하는 것은 옛것을 보려는 것이 아니라 나를 나답게 알기 위한 것이다. 즉 진리의 거울로 내 마음을 보기 위한 것이다.

인생도 이와 같은 것……

마음의 거울이 없이 살 때는 몸의 자극이나 조건들에 의하여 희노애락이 결정되지만, 어느 날 나를 읽는 책이나 나를 읽는 분 앞에 서면 그렇게 살아왔던 자신이 모습에 한없는 초라함을 느끼게 된다. 그래서 몸의 거울도 있어야 하지만 마음의 거울을 모시고 살아야 하는 것이다. 그런데 불행하게도 거울이 꼭 필요한 사람일수록 그것을 싫어하는 것이 얼마나 안타까운 일인가?

자신의 삶에 허물이 많은 사람일수록 성인이나 종교를 싫어하는 경향이 많은 것은 자신의 허물이 드러나는 것에 대한 부끄러움과 두려움 때문이다.그러나 병은

드러내야 치료가 되듯이 마음의 허물도 드러내야 속죄의 길이 열리는 것이다. 그래서 가장 큰 용기는 자기 죄에 대한 고백일 수밖에 없는 것이다.

그러므로 '내가 읽는 책'보다 '나를 읽는 책'과 '나를 읽는 분'을 가까이 하면서 항상 자신의 삶에 대한 반성과 각오를 새로이 하고, 자기 삶에 대한 책임감을 가져야 할 필요성이 있는 것이다.

그런데 현대는 어떠한가?

초등학교에서 대학까지 16년 간을 책과 함께 씨름하지만 나를 읽는 책은 한 권도 없다. 나아가 수많은 스승들 중에 나를 읽게 해 주는 스승을 찾아보기 어렵다. 모두가 내게 부딪힌 환경이나 사물에 대한 통찰력만 키워줄 뿐 나

자신에 대한 통찰력을 키워주지 못한다. 그 결과 자신들이 만들어 놓은 과학과 물질문명에 스스로 오염되는 불행한 세기가 20세였던 것이다. 그러한 의미에서 우리 후손들에게는 교육에 대한 새로운 지평을 열어줘야 할 시점에 와 있다. 그것은 새로운 아이디어가 아니라 고전古典으로 돌아가기만 하면 되는 것이다.

고전은 그야말로 고전古典이아니라 고전高典이기 때문이다.

그럴 만한 이유가 있다

모든 것은 상식적이어야 한다.
상식을 벗어난 것은 진리가 아니다.
옛 성현들의 말씀을 들어보면 모두가 상식적인 말들이다.

개업한 식당이 갈수록 손님이 늘어나면 좋은 현상이다. 그런데 처음에는 잘 나가다가 갈수록 손님이 줄어든다면 왜 그럴까?

영화관에 사람이 오지 않는다. 운동은 하는데 도대체 기록은 향상되지 않는다. 공부는 하는데 실력이 향상되지 않는다. 세월이 지났는데 나무가 성장하지 않는다. 밥을 먹어도 허기가 지고, 볼일을 봤는데도 뒤가 무겁기는 마찬가지다. 왜일까? 한마디로 문제가 있는 거다.

문제가 있다는 자각에서부터 문제 해결의 실마리는 보이기 시작한다. 왜냐하면 문제에 대한 해답은 그 문제 속에 있는 법이기 때문이다. 문제 밖에서 문제의 해답을 찾는 것을 핑계라고 할 수밖에 없다.

식당이 안 되는 이유를 손님과 세상탓으로만 돌려서는 안된다. 음식에 맛이 없든지, 불친절하든지, 불결하든지, 그 속에서 생각해봐야 한다.

더 한심한 것은 문제의 핵심 의식마저도 찾지 못하는 사람이다.

옆집 식당은 갈수록 손님이 붐빈다.

같은 이치로 곁에서 공을 차는 사람은 갈수록 공 콘트롤이 향상 되어간다. 갈수록 공이 발에 달라붙어 다니는 것처럼 자유자재다.

무엇을 하면서 갈수록 발전하면 별 문제가 없겠으나 갈수록 진전이 없거나 퇴보를 한다면 기본으로 돌아가 점검을 해봐야 한다. 무엇이든지 기본이 무너지면 더 이상 진전하기 어려운 것이다.

높은 건물일수록 기초공사가 중요하고, 거목일수록 뿌리가 깊고 넓게 뻗어야 한다. 큰 강일수록 그 기원이 멀고, 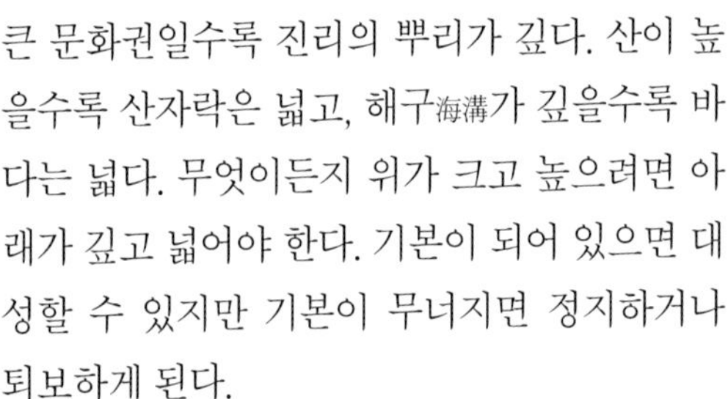큰 문화권일수록 진리의 뿌리가 깊다. 산이 높을수록 산자락은 넓고, 해구海溝가 깊을수록 바다는 넓다. 무엇이든지 위가 크고 높으려면 아래가 깊고 넓어야 한다. 기본이 되어 있으면 대성할 수 있지만 기본이 무너지면 정지하거나 퇴보하게 된다.

나이 들어도 철이 들지 않은 것은 청년시절을 잘 보내지 못한 탓이다. 그런 사람을 흔히 나이 먹은 어린아이라고 한다. 이렇게 인격이 기본이 되어 있지 않으면 나이 들수록 주접을 떨게 된다.

모든 것은 상식적이어야 한다.

상식을 벗어난 것은 진리가 아니다. 옛 성현들의 말씀을 들어보면 모두가 상식적인 말들이다. 그들이 표현의 도구로 쓴 언어와 문자를 몰라서 어려워 보일 뿐이지 해석을 하고 보면 내 속에 있는 본성本性 이상의 말씀이 없다.

상식을 넘어서 고도의 이성적理性的인 이해를 요구하는 것은 진리가 아니라 지식이며, 학문이다. 물론 지식 역시 크게는 진리의 범주에 들어가긴 하지만 진리는 인간의 본성과 감정을 바탕으로 하기 때문에 삶의 질적 변화를 가져온다. 지식은 인간의 본성을 자극하기보다 이성을 자극하기 때문에 삶의 변화를 가져오지 못하는 수도 있다.

어떤 사회나 국가의 흥망은 그 사회가 안고 있는 상식적인 삶인 사회적 자산(도덕과 윤리)의 빈곤에서 좌우되는 것이지 망할 만한 조건 때문에 망하는 것이 아니다. 반면에 흥하는 사회나 국가는 그 구성원들이 상식적인 삶에 충실한 경우가 대부분이다.

그렇다면 지금 내 삶의 영역에서 상식적인 삶인지 아닌지를 체크해 봐야 된다. 세월이 지나가는데도 진전하지 못하거나 퇴보를 했다면 빨리 기본으로 돌아가야 한다. 이는 틀림없이 기본을 잃어버렸기 때문에 그런 결과가 나왔을 테니까…….

음식이 맛있으면, 영화가 재미있으면 손님들이 식당과 극장의 홍보이사들이지만 맛이 없고 재미가 없으면 내 스스로는 물론 다른 이의 발길도 가로막는다. 모이는 곳은 모이는 이유가 있고, 흩어지는 곳은 흩어지는 이유가 있으니, 그 이유를 생각하고 분석해 봐야 한다.

얼굴의 얼과 굴의 골짜기

 사람은 머리에 얼굴이 있고 짐승은 머리만 있을 뿐이다.

짐승의 머리는 굳이 머리라고 하지 않아도 된다. 예컨대 대가리라고 표현해도 그다지 실례될 말은 아니다. 새대가리, 소대가리, 돼지대가리 등등이 그렇다. 그러니까 대가리는 있어도 얼굴은 없다. 새 얼굴이나 소 얼굴이나 돼지 얼굴과 같은 말은 들어본 적이 없다. 다만 대가리의 구조인 눈, 귀, 코, 입과 같은 생리적인 기관만 있을 뿐이다.

그런데 사람은 머리에 얼굴이라고 말하는 부분이 있다. 이것은 무슨 뜻일까? 그것은 다름 아닌 '얼(정신)의 굴(골짜기)'이라는 말이다. 즉 얼이 깃들어 있는 골짜기라는 말이다. 짐승도 사람과 같은 굴은 있으나 얼(정신)이 없으니 얼굴은 없고 대가리만 있을 뿐이다.

짐승은 어미로부터 생명은 이어받았으나 얼을 이어받지 못했기 때문에 본능만 있을 뿐 이성과 정지의情知意 감성은 갖지 못했다. 그러나 사람은 하늘로부터 얼을 이어받아서 태어났고 그 얼을 완성시켜야 하는 책임이 있다.

그것을 인격이라고도 하고 개성이라고도 한다. 그러면 그 얼은 어떻게 성장하는가? 태어나면서 얼의 씨는 가지고 태어났으나 그 얼이 미숙하기 때문에 성장해 가면서 성숙시켜가야 한다. 그리고 그것은 얼이 굴을 통하여 성숙되어 가는 것이다. 즉 눈이라는 굴, 귀라는 굴, 입, 코 등과 같은 굴을 통하여 이입되는 자극을 통하여 얼이 형성되는 것이다.

식물이나 동물은 태어날 때 미숙한 싹이나 몸으로 태어나서 자연으로부터 이입되는 영양분을 통하여 자율성에 의하여 그 몸이 완성되어 가듯이, 사람도 자신이 보고 듣고 먹는 모든 경험을 통하여 얼을 완성시켜가야 하는 것이다.

짐승은 입이 먹기 위한 기능밖에 없지만 사람은 먹는 기능 외에 말을 하는 기능이 있다. 물론 동물들도 나름대로 서로의 의사를 소통하는 소리가 있지만 인간과 같은 다양한 언어나 문자는 없다.

그저 생존에 필요한 몇 가지의 정보에 의존할 뿐이다. 그렇다면 사람은 얼의 굴 가운데 입을 통해서는 얼에 어떠한 영향을 받는가?

사람은 입으로 덕담을 해야 한다. 내가 한 말로 인하여 상대방의 마음을 아프게 해서도 안 되고, 거짓된 말로 속여서도 안 된다. 그렇게 하게 될 때 내 얼을 망치게 된다. 반면에 내 입으로 참된 진리를 설해서 상대방의 마음을 감화시키거나 덕담으로 상대방에게 희망을 준다면 얼의 굴인 입을 통하여 내 얼이 아름답게 성장해 가게 된다. 그래서 석가모니께서는 말로서 업을 짓는 구업口業에 대하여 크게 경계했다.

그리고 얼의 굴 가운데 귀를 통하여 이입되는 소리에 의하여 내 얼이 형성되는 것이다. 그런데 입은 반드시 좋은 말을 해야 하지만 귀는 '좋게 들어야' 된다는 것이다. 살다보면 좋은 소리도 듣고, 나쁜 소리도 들을 텐데, 듣는 대로 내 얼이 반응하면 안 된다.

귀가 두 개인 것은 듣고 흘리라(?)는 것으로 그 의미를 부여하기도 한다. 입은 하나밖에 없으니 옳은 말만 해야 하고, 안할 수도 있다. 그런데 귀는 내가 원하지 않아도 험한 말을 들어야 한다. 그래서 모든 소리를 '좋게 들어야' 한다는 말이다. 그리고 내 얼굴 가운데 눈을 통하여 이입되는 자극이 내 얼을 형성하기 때문에 잘 봐야 한다.

그렇다면 잘 보는 것은 어떻게 보는 것인가?

'좋게 봐야' 한다는 말이다. 보이는 것 역시 내 뜻과 상관없이 보인다. 하루를 보내면서도 보고 싶지 않은 사람이나 상황이 얼마나 많은가? 그렇다고 그것을 모조리 외면하고 살 수는 없다. 그것을 모두 소화해낼 때 내 얼의 완성이 이루어지는 것이다.

강은 오염이 되기 때문에 강일 뿐이다. 그러나 오염된 모든 강이 바다로 흘러들어 가지만 바다는 그것을 모두 소화시켜버리기 때문에 바다가 되듯이. 얼로 통하는 여러

개의 굴이 있지만 그것을 통하여 이입되
는 좋고 나쁜 모든 것을 소화시켜낼 때
참된 얼이 창조되는 것이다.

그런데 사람들은 자신의 얼굴 생
김새 그 자체에만 신경을 쓴 나머
지 보여주기 위한 명함쯤으로 생
각하는 것 같아 가슴 아프다.

얼굴을 잘 관리해서 올바른 얼을 보여주고, 후손에게도
올바른 얼을 상속시켜줘야 하겠다. 세상은 얼빠진 사람이
너무 많으니까…….

멀쩡한 얼굴을 뜯어고치는 얼빠진 짓을 하고, 좋은 입을
가지고 악담을 하거나 모함을 하는 것도 얼빠진 짓이며,
좋은 귀와 눈으로 보이는 것을 곡해하거나 미워하는 것도
얼빠진 짓이다. 오직 본성의 흐름을 따라 보고 듣고 말할
때 내 얼은 굴을 통하여 올바른 얼이 형성되어서 제대로
된 얼의 골짜기인 '얼굴'을 보여주게 될 것이다.

미개한 시대에는
인간이 가지고 있던 고민의 대부분을 종교가 충족시켜 주었다.
그것이 대부분 심리적인 것이었고, 일부 현실적이기도 했다.

어른에게 어린이의 옷을 입힌다고 어린이가 되는 것이 아니듯이 어린이에게 어른 옷을 입힌다고 어른이 되지 않는다. 어른에게 어린아이의 옷을 입히면 광대같이 우스꽝스럽고, 아이에게 어른 옷을 입히면 바보같이 보인다. 둘 다 바보스럽기는 마찬가지다. 그래서 제 나이와 체격에 걸맞는 옷을 입어야 한다.

여름에 겨울옷을 입는다고 겨울이 되지 않는 것과 같이 겨울에 여름옷을 입는다고 여름이 되지 않는다. 계절에 맞는 옷을 입어야지 계절에 맞지 않는 옷을 입고 다니면 정신 나간 사람 취급을 받기 십상이다.

마찬가지로 시대는 성인시대成人時代인데 사상이 어린 시대의 사상이라면 그러한 사상으로는 성인시대를 올바로 이끌어 갈 수 없다.

현존하는 신학神學은 고대와 중세시대의 이성과 문화적인 배경 아래 형성된 신학이다. 나아가 그 시대의 인간이 가지고 있었던 의식구조와 수준에 의하여 생겨난 신학이며 그 신학에 의하여 구축된 신앙이 오늘날까지 전승되어

오고 있다.

사자死者의 부활설이 그렇고, 지구의 종말과 휴거론이 그렇다. 철저한 이분법二分法적인 논리구조를 가지고 현실을 예단하므로 선택받은 자와 선택받지 못한 자를 구분해서 천국과 지옥이라는 이원론적二元論的 사고思考 속에 가둬버리고 있다.

기독교는 그리스도 이전시대에 이미 전해 내려오던 천지창조에 대한 설화를 성경으로 채택하면서 오늘날까지 그것에 대한 믿음을 강요하는 종교가 되었다.

이러한 신학적인 논리 구조는 믿음의 강요를 넘어 믿음을 구걸(?)하는 신세가 되었다. 왜냐하면 현대인들의 이성적理性的인 욕구는 이미 성경의 가르침을 넘어서버렸기 때문이다.

미개한 시대에는 인간이 가지고 있던 고민의 대부분을 종교가 충족시켜 주었다. 그것이 대부분 심리적인 것이었고, 일부 현실적이기도 했다. 그러나 오늘날은 인간이 가진 거의 모든 문제를 과학이 해결해주고 있다. 인간의 이성적인 욕구는 물론 삶의 모든 수단에 이르기까지 필요한 모든 것을 과학이 충족시켜주고 있는 것이 현실이다. 불편하다 싶으면 해결해버리고, 필요하다 싶으면 만들어버리는 것이 현대

의 세태다.

부모는 어린 자식을 어르기도 하고 때로는 윽박지르기도 하면서 길러간다. 그러나 자식이 성숙해지면 대하는 언행의 수준을 달리해야 하듯이 인류의 이성적인 발달 역시 그렇다.

고대와 중세를 어린이와 같은 시대라 하면 현대는 21C기 성인시대이다. 그런데 성인시대에 어린아이의 신학적인 옷을 입혀놓았으니 바보들의 행진이지 뭔가. 바보가 되기를 거부한 나머지 선진과학적인 의식을 가진 사람과 사회와 국가일수록 형이상학적인 의식이 퇴색되어가는 것이 현실이라는 것을 부정할 수 있는가? 그래서 성인시대에는 성인신학成人神學의 옷으로 갈아입혀야 한다. 즉 성인의 지적 요구를 충족시켜주므로 가치관에 대한 올바른 정립을 통하여 역사를 인신론적으로 파악할 수 있는 안목을 되찾아줘야 되는 것이다.

'대학大學'은 공자孔子의 손자 자사子思가 지은 책으로서 사서四書 : 논어, 맹자, 중용, 대학 중의 한 권인데, 이것이 오늘날은 가장 높은 학제學制의 이름이 되었다. 그러나 사서에서의 대학과 오늘날의 대학University과는 그 내용이 다르다.

물론 사서가 쓰여진 그 시대는 오늘날처럼 학문적인 다양성의 시대가 아니었기 때문이기도 하지만, 예나 지금이나 변하지 않은 것은 학문의 중심은 사람이 되어야 한다는 사실이다.

그런데 문제는 사서에서의 대학은 처음부터 끝까지 인간을 주제로 다루는 인간학人間學이라면, 오늘날의 대학은 기능적인 학문만을 가르치는 기관으로서 학문을 통한 자기 수행의 기능을 상실했다는 점이다. 우리 나라의 학제를 보면 유치원幼稚園은 그 가르침이 그야말로 유치(?)하기 때문이고, 초등학교初等學校는 가장 초보적인 것을 배우는 곳이며, 중학교中學校는 가운데 중中 학제의 의미가 있고, 고등학교高等學校는 중간中間을 넘어선 학문이며, 대학은 모든 학문을 포용하는 곳으로서 가장 큰(大) 학문이 되는 곳이다. 그러나 16년 동안 학제가 다르고 내용도 바뀐다고 하지만 학문의 일관된 맥락은 수數에 대한 것을 배운다는 사실이다.

그러므로 유치원에서부터 대학까지를 통틀어서 초등학문이라고 볼 수 있는 것은 그것들이 한결같이 인간을 위주로 하는 학문이 아니기 때문이다. 실은 그러한 토대 위에 철학이나 종교를 통하여 추구하는 사람학이야말로 고등학문高等學問 내지 대학이라 할 수 있는 것이다.

과거에 비하여 오늘날의 학문이 얼마나 눈부신 발전을 했는가? 이태백이 시詩로 읊던 낭만적인 달나라 시대는 과학의 높이가 이태백의 키 높이밖에 되지 않았지만 사람이 직접 갔다옴으로해서 달나라가 이성理性의 대상으로 다가온 20세기는 과학의 높이가 지구에서 달나라까지의 거리인 385,000km인 셈이다.

그리고 보면 지금 길거리를 거닐고 있는 모든 사람들은 전부 지성인들로서 과거와는 비교도 되지 않을 지식의 거인들이지만 세상은 자꾸만 비인간화되어가고 있다. 그것은 사람학이라는 대학은 없고, 전부 초등학문으로서의 지식인들만 있기 때문이다. 그러므로 미래의 대학은 사람학에 대한 바른 교육이 전제돼야 할 것이다. 인류의 마음을 지배하는 성인들은 '지식의 거인'이 아니라 '사람학의 거인'들이라는 사실을 유의해야겠다.

가면 무도회

4대 성인을 보라.
그 분들은 '아는 것'에 주력하지 않고
'사는 것'에 주력하셨다.

가면무도회에서는 가면을 쓰지 않으면 어울릴 수 없다. 자신의 얼굴을 감추고 나 아닌 다른 사람의 행세를 해야 하는데 이것은 이 시대를 살아가는 우리들의 자화상이라고도 할 수 있다.

누구나 어렸을 때는 자기 얼굴 이외의 다른 얼굴이 없다. 있는 그대로를 보여주고 또한 있는 그대로만 본다. 그냥 순수 그 자체일 뿐이다. 그런데 나이가 들고 세상의 경험이 쌓여 가면서 다른 얼굴을 하나하나 만들어 가는 것이다.

우리의 주위에 본성으로 대할 수 있는 사람이 몇이나 될까? 만나는 사람에 따라 그 폼을 적당히 달리해야 하는 자신을 발견할 것이다. 특히 사회적으로 잘난 얼굴로 사는 사람일수록 그 얼굴 뒤에 못난 얼굴이 감춰져 있는 경우가 더 많다. 이것은 소위 유식한 사람들의 세계에서 보는 일상이다. 행여 자신의 우아한 가면이 벗겨지고 진실한 자신의 모습이 드러나면 이내 사회적으로 고립될 사람이 얼마나 많겠는가?

어쩌면 사회적으로 가장 존경받는 위치에 있는 사람일수록 가장 화려하고 두꺼운 가면을 쓰고 있는지도 모른다. 교육자의 가면이나 성직자의 가면은 어떨까? 좋은 말만 하는 그 직업만큼이나 좋은 생각과 좋은 생활이었다면 세상은 이보다 훨씬 밝았을 것이다.

그리고 유식有識을 '아는데' 두지 말고 '참되게 사는데' 둬야 할 텐데 아는 데만 두다 보니 많이 아는 자들의 횡포가 사회와 나라를 어렵게 만드는 것이다.

나아가 무식을 '모르는데' 두지 말고 '선하게 살지 못하는데' 둬야 할 텐데 무학無學을 무식無識이라는 등식으로만 규정하다보니 선하게 사는 자가 밟히는 세상이 된 것이다.

4대 성인을 보라. 그 분들은 '아는 것'에 주력하지 않고 '사는 것'에 주력하셨다. 아는 것으로 말하자면 하나같이 무학이지 않은가? 그런데도 모든 이를 다스리는 것은 그들의 삶이 무언의 교육이 되었기 때문이다.

앎이 아무리 많아도 사랑하는 부모나 자식 앞에서는 무용지물이다. 가정에서는 삶이 아니면 무식한 인간이다. 타인끼리는 서로 가면무도회를 하다가도 사랑하는 이 앞에 서면 그 가면은 저절로 벗겨지지 않는가?

이제 삶으로 앎을 완성해야 되겠다. 앎의 가면무도회를 종식하고 진실한 삶으로 아름다운 영혼을 가꾼 이들의 모습을 귀감으로 하는 세상이 왔으면 좋겠다.

어느 인종이든지 성인成人에 대한 인종적인 이질감은 있지만 어린아이는 아름답다. 갓난아기의 얼굴에는 오직 희망과 희열만이 가득하다. 도대체 내일에 대한 근심과 걱정이 없다. 어린이는 울어도 아름답고, 잠을 자도 아름답다. 오죽했으면 우는 모습도 사진에 담아 기념할까?

곡식이든 잡초든 새싹은 아름답다 못해 신성함을 느끼게 한다. 영롱한 이슬방울이 맺힌 새싹을 본 일이 있는가?

굳이 장황한 경전이나 난해한 철학이 아니라도 사람의 마음을 감화시켜서 순화시킬 수 있는 것들은 너무나 많다. 철학은 배워서 이해해야 하는 이성적理性的인 고통이 따르지만 자연이 가지고 있는 아름다움은 굳이 배우고 이해할 필요도 없이 보고 느끼는 것으로 마음의 평화를 얻을 수 있으니 자연은 널려 있는 경전이고 철학인 셈이다.

그러나 자연이 아무리 아름답고 다양하다 하더라도 사람의 얼굴이 주는 의미만큼 다양하고 섬세하지는 않다. 그런데 그 감정을 표현하는 통로가 얼굴이기 때문에 얼굴이 그토록 중요한 것이다.

　현자들이 말하기를 40이 넘으면 자신의 얼굴에 대한 책임을 지라고 한 것을 보면 자신의 삶이 온전히 묻어나는 것이 얼굴이라는 말이다. 그래서 40이 넘은 이의 얼굴을 보면서 살아온 마음생활을 엿볼 수 있다.

　사람이 웃으면 눈언저리에는 가로주름이 지고, 입가에는 둥근 세로주름이 진다. 그런데 짜증을 내면 미간에 수직의 세로주름이 진다. 그래서 가로주름과 입가의 둥근 세로주름은 져도 흉하지 않지만 수직의 세로주름은 사람들의 마음을 거북스럽게 한다. 웃음이 많으면 사람의 마음을 평화롭게 하는

가로주름이 많이 지지만, 화를 내면 보는 이로 하여금 마음을 거북하게 하는 세로주름이 진다.

　하회탈이 우리에게 편안함을 주는 것은 가로주름에서 비롯되는 해학적인 에너지 때문이다. 그렇지 않고 미간에 세로주름이 잔뜩 새겨진 하회탈을 본다면 우리의 마음이 어떠할까? 필시 외면하고 싶은 탈, 걸어놓고 싶지 않은 탈이 될 것이다.

하루를 살면서도 얼굴에 가로 주름을 남기고 싶다.

한 생애를 살면서 세로주름을 남기지 않는 삶이었으면 좋으련만 그게 그리 쉽지않다. 나아가 나로 인하여 타인의 얼굴에 가로주름을 많이 새겨주는 조각가가 되고 싶다. 행여 나로 인하여 타인의 얼굴에 세로주름이 생기지는 아니하였는지 돌아보니 지금까지의 삶이 허망하다.

그렇다면 내 얼굴에 생긴 세로주름은 누구로 인함일까? 아마도 누구(?)가 아니라 내 성질에 내가 못 이겨 생긴 자업자득인 성싶다. 나아가 내 얼굴에 생긴 가로주름은 누군가에 의하여 얻어진 은혜일 것 같으니 이제부터는

누군가에게 가로주름을 선물하면서 세로주름 하나하나를 다름질해가야겠다.

사람에게 가장 큰 선물이 웃음이라 하지 않던가?

생업으로라도 타인에게 웃음을 선사하는 광대의 삶이, 고상한 철학으로 마음의 짐만 지우는 철학자보다도 더 우월한 삶인지도 모른다.

사람이 웃는 것은 고상한 이론이 아니라 우스운 모습과

우스운 소리로 인하는 것이니까. 그래서 웃음에는 형식이나 격식이 없다. 우스우면 그냥 웃으면 된다. 웃으면 체면이 손상될 것 같아 안 웃으려고 애쓰는 모습은 차라리 흐느끼는 것보다 더 처량해 보인다.

젊은 아낙들이 눈가에 주름이 생길까봐 눈만 남겨두고 웃으려는 것도 보기에 안쓰럽다. 파안대소야말로 가장 아름다운 꽃이며 위대한 음악이다. 그래서 이 세상에서 하회탈보다 완벽한 웃음을 웃는 이가 없으니 사람들은 그 탈을 그토록 좋아하는지도 모른다.

제2부

인간은
사랑을 위하여 산다

The sweetest joy, the wildest woe is love.

—P. L Baily

환경의 지배를 받는 대밭 감나무

환경을 극복할 수 없으면
환경에 주관 받는 것이 자연의 법칙이다.
그래서 환경이 중요하다.

 고향을 찾을 때마다 동네를 한바퀴 돌아보는
버릇이 생겼다.

구석구석 정답지 않은 곳이 없다. 집 뒤 대밭에 들어갔더
니 어렸을 적에 심었던 오래된 감나무가 나보다 더 중늙은
이가 되어 있었다. 그런데 감나무의 몸매(?)가 여느 감나
무와는 전혀 다름을 보고 놀랐다. 본래 소나무와 같은 나
무는 가지보다 줄기가 발달하지만 유실수라는 것들은 줄
기보다 가지가 발달하는 법이다.

그런데 대밭 속에 있는 감나무는 자기가 마치 대나무인
양 줄기만 멀쑥이 뻗어 있고 가지는 거의 없었다. 대밭 속
에서 살다보니 저도 대나무로 착각을 했나보다. 물론 생존
을 위한 몸부림이었겠지만…… 자세히 보니 다른 나무들
도 대부분 대나무처럼 삐죽하니 성장해 있었다. 대밭 속에
서 성장하면 대나무처럼 성장하는구나.

환경을 극복할 수 없으면 환경에 주관 받는 것이 자연의
법칙이다. 그래서 환경이 중요하다.

도회지 아이들은 대부분 돈 주고 따로 배우지 않으면 수

영을 할 줄 모른다. 그러나 물가에 사는 아이들은 수영을 배우지 않고도 곧잘 한다. 물에 떠내려 가다가(?) 배우기도 하고, 빠져서 허우적거리다가 배우기도 한다. 수영을 배우려고 배운 게 아니라 환경이 그렇데 만든 것이다.

이처럼 수영 같은 버릇도 그렇지만 인성人性 역시 환경의 영향을 받는다. 그래서 성장과정의 환경이 그토록 중요한 것이다. 오죽했으면 맹모삼천지교孟母三遷之敎를 그토록 소중히 여길까? 문화인文化人이 문화사회文化社會를 건설하기도 하지만 문화적인 환경 속에서 양육하면 문화인으로 성장하기도 하는 것이다. 사람이 환경을 만들기도 하지만 환경이 사람을 만들기도 하는 것이다. 특히 어린아이들의 경우는 환경이 아이들의 정서와 인생관을 만든다고 해도 과언이 아니다. 그런데 오늘날의 사회 환경은 아이들로 하여금 올바른 정서를 갖도록 놔두지 않는다. 온갖 퇴폐적인 독소들이 아이들의 정서를 망쳐놓았고, 그로 말미암아 생활양태는 반문화주의 내지 문화파괴주의를 즐기는 세대가 되어버렸다. 이것은 전적으로 기성세대의 책임이다. 청소년의 호기심을 담보로 자신의 사리私利를 채우는 기성세대야말로 범죄자라는 것을 잊어서는 안 된다.

감나무를 감나무 밭에 기르면 감나무처럼 크는데 감나무를 대밭에 키운 것이 잘못이다. 대를 잘라내든지 감나무를 옮기든지 결단을 내려야 한다. 그대로 뒀다간 감을 한 알도 따먹을 수 없는 지경까지 갈지도 모르기 때문이다.

그냥 두고 보게나

 가을 여행을 하다보면 펼쳐지는 전경들 하나 하나가 모두 시詩가 되고 노래가 된다.

황금빛 벌판, 이름 모를 들풀에서부터 오곡에 이르기까지 무르익는 계절의 영롱한 빛을 머금은 곡식들, 천년을 달려온 듯 높고 낮은 봉우리마다 현란하게 채색된 단풍바람, 어느 것 하나 아름답지 않은 것이 없고, 이 모든 정겨움이 내 것인 양 풍요로움을 느끼게 하는 계절이다.

엊그제 몇몇의 지인들과 여행할 일이 있어 국도國道를 따라 한참을 달리다가 개천가에 흐드러지게 피어 있는 들국화 꽃향기에 붙잡히고 말았다. 가꾼 이도 없고, 누구를 의식하고 뽐내는 멋도 아닌데 가던 길을 멈추게 하는 국화를 보면서 생명의 오묘함에 새삼 감탄했다. 어찌 질서정연하게 사람의 손길에 의해 매만져지고 길들여져 있는 도시 공원의 국화 화분에 비할 수 있으랴.

자연이 가꿔 놓은 화단에 들어가 꽃의 일부가 되어서 카메라에 한껏 가을을 담고 있는데, 일행 중 한 사람은 들국화를 꺾기에 여념이 없다.

　　이렇게 여유로운 마음을 갖게 하는 계절에도 때로는 자연의 일부를 내 것으로 소유하고픈 사욕私慾이 생기는 것은 인간만이 갖는 오염된 마음이리라. 그리고 그것을 꺾어 갈 마음을 갖게 된 것은 그 꽃의 주인이 없다고 생각했기 때문일 것이다. 그러나 왜 주인이 없다고 생각하는가? 그것의 주인은 당연히 거기 피어 있는 들국화 자신이며, 그것을 존재케 한 자연이면서 그것을 보고 즐길 모든 나그네들이라는 것을…… 그렇게 꺾어 가도 가야 할 길이 멀어 도중에 모두 시들어서 버릴 것을, 그냥 두고 보면 그 길을 지나는 수많은 사람들이 보고 즐길 수 있지 않겠는가. 사람들은 소유하고픈 작은 욕망을 다스리지 못하여 혼자 즐기다 버리는 어리석음을 범한다.

　　친구여! 이른 봄부터 가을까지 온갖 풍상을 이기며 꽃을 피우려 하는 일념이 인간의 무모한 소유욕 때문에 꺾여져 버리는 것이 슬프지 아니한가?

　　극락이 있다면 좋은 것을 공유公有하려는 것이고, 지옥이 있다면 좋은 것을 사유私有하려는 것일 것이다.

　　그 친구에게 우리가 할 수 있는 한 마디,

　　"그냥 두고 보게나……."

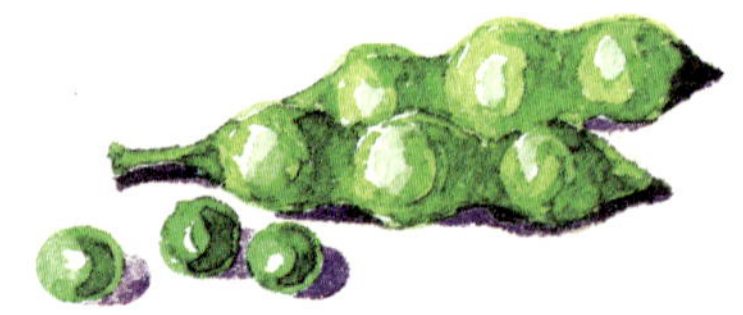

이제 자연으로 돌아가야 한다.
스스로 질서를 유지하고 있는 자연의 법칙을
삶의 철학으로 받아들여야 한다.

물 한 말에 소금 한 되를 넣으면 소금이 온데 간데 없는 데도 그 물을 '물소금'이라고 하지 않고 '소금물'이라고 해서 소금을 주체시하는 것은, 물은 자신의 모습을 버리지 않았는데 소금은 자신을 완전히 버렸기 때문이다. 물이 소금을 녹였으니 물이 이긴 것 같지만 세월이 지나면 물은 온데간데 없고 하얀 소금만 남는 것을 보면 소금이 물을 이긴 것이 아니겠는가?

불이 붙어 타고 있는 양초를 '불초'라 하지 않고 '촛불'이라고 해서 초를 주체시하는 것도 자신을 녹여서 불을 밝히기 때문이다. 나를 버리는 것이 나를 얻는 것이라는 진리가 평범한 사물과 사건 속에 있음을 말해주는 대목이다. 소금은 도대체 자신을 주장하지 않는데 결론에 도달해 보면 자기가 주장되어 있는 것이다.

음식 맛을 내기 위하여 갖은 양념을 다 넣지만 맛은 간이 맞아야 한다. 음식의 간이 맞지 않으면 갖은 양념도 무의미하게 된다. 양념의 존재 의미는 간에 달렸다. 그래서 소금은 음식의 중심인 것이다. 보이는 것은 배추지만 그것의 맛을 결정하는 것은 녹아서 흔적도 찾아볼 수 없는 소금인 것이다.

씨를 버려서 싹을 얻고, 꽃을 버려서 열매를 얻는다. 얻기 위해서는 버릴 줄 알아야 한다. 나를 버리지 않고서는 진정한 나를 얻을 수 없는 것이 자연의 법칙이다.

그리스도 예수는 자신을 버려서 세상을 얻었고 생애를 버려서 영원한 역사를 얻었다. 하나의 나무 씨가 자신을 버려서 나무를 얻고, 그 나무가 오랜 세월을 통하여 숲을 얻음과 같은 것이다. 무엇이든지 자신만을 고집하면 더 이상 발전도 성장도 없다. 발전이란 변화를 통해서만 가능한 것인데 그것이 자신을 버리는 것이다.

너와 나의 화목도 그렇지 않은가?

부부지간에도 자신만을 고집하면 불화할 수밖에 없지만 나를 버리면 화목하게 된다. 자식을 기르는 부모가 자신을 고집하는가? 먹고 입고 자고 깨고 모든 것이 자신을 버린 삶이기 때문에 영원을 두고 부모라는 이름을 얻는 것이다.

역사적으로 선한 이름을 남겼던 사람들의 삶도 하나같이 무엇인가 다수를 위하여 자신을 버린 분들이다. 그런가 하면 악명을 남겼던 사람들은 타인의 희생을 기반으로 자신의 영화를 도모한 사람들이다.

사람이 살아가야 할 올바른 철학은 자연의 법칙을 자신의 생활 철학으로 받아들이는 일이다. 인간은 존재의 위치를 두고는 탁월한 존재지만 존재의 법칙 앞에는 동일한 존재이기 때문이다.

　그러나 존재의 위치가 자연에 비하여 탁월하다는 것일
뿐, 인간이라는 동일한 종種 앞에는 누구나 동일한 가치를
지닌다. 일을 효율적으로 하기 위한 포지션 차이가 있을
뿐 존재의 법칙과 가치로는 상하가 존재할 수 없는데 인간
스스로 차이를 두고 서로가 서로를 지배하려는 그릇된 의
식 때문에 자연계의 많은 종種 중에 가장 추악한 사회를 만
들어 놓은 것이다.

　이제 자연으로 돌아가야 한다.

　스스로 질서를 유지하고 있는 자연의 법칙을 삶의 철학
으로 받아들여야 한다. 굳이 언어와 문자가 없어도 존재의
법칙 앞에 순응하므로 평화로운 질서를 유지하는 자연에
비하여, 서로가 교감하는 언어와 문자가 있음에도 서로 간
에 심정이 교감되지 않는 인간세계의 무질서함을 보면서
자연보다 탁월하다는 생각이 얼마나 오만불손한 태도인가
를 스스로 반성해야 한다.

　탁월한 능력이 공公이 되지 못하면 범죄도 탁월(?)하게
짓는다는 것을 알아야 한다. 버리므로 얻는 자연의 법이야
말로 인간을 가장 탁월한 존재로 만드는 길일 것이다.

곡식밭에 난 잡초

콩밭에 거름을 주고 난 뒤 한참을 지나 가봤더니 콩보다 잡초가 더 미쳐 있었다. 거름은 곡식만 좋아 하는 것이 아니라 잡초도 마찬가지다. 곡식은 가꾸어도 잘 안 되는데 잡초는 가꾸지 않아도 곡식을 압도해 버린다. 곡식은 약을 쳐도 병충해가 들끓는데 잡초는 병충해도 별로 없다.

사람들은 자신의 심전心田에다 양질의 진리를 받아 담지만 세월이 지난 후 되돌아보면 본성이 자란 것이 아니라 사심邪心이 자라있음을 보게 된다. 본심도 진리를 먹고 자라지만 사심도 진리를 먹고 자라고, 본심도 이타행을 먹고 자라지만 사심도 이타행을 먹고 자란다. 이타행利他行을 많이 한 사람 치고 제 자랑에 도취되지 않는 사람이 별로 없다.

예배당이나 법당에 시주를 많이 한 사람의 머리 속에는 자신이 어른이라는 의식이 가득 차 있고, 전도를 많이 한 사람은 제 능력에 대한 우월감으로 가득 차 있다.

오래된 교인은 진리를 과식한 나머지 타인에 대한 분별

력만 밝아서 심판에는 익숙하지만 사랑에는 인색하기 그지없다.

그런가 하면 좋은 말만 많이 한 지도자는 능한 말만큼 자신의 언행은 언제나 합법적이며 신神의 뜻이라는 등식에 익숙한 나머지 자기 합리화에 대해서는 병적이다. 행여 누군가가 반론이라도 제기할라치면 그것은 여지없이 사악한 도전으로 규정해 버린다. 옳은 말만 하다가 사악한 마음을 기른 전형인 것이다.

예수에게 십자가를 지운 이들을 보자. 신의 말씀을 대언代言하고 대행代行하다가 그 입으로 신의 아들을 잡아죽였고, 신을 믿으면서도 제 종교에 대한 집착이 자신을 오염시켜 버렸다.

결국 종교라는 이름으로 얻은 모든 거름이 본성을 기른 것이 아니라 사심이라는 잡초를 길러서 곡식마저도 뒤덮어 버리는 것이다.

권위는 높은 데 있지 않다.

무슨 꽃이든 꽃은 아름답다. 무슨 열매든 열매는 아름답다. 그러나 그것이 아름답기 위하여 뿌리와 줄기와 잎, 모두의 희생이 있었다는 것을 잊어서는 안 된다.

드라마의 주인공이 돋보이는 것은 조연과 단역들의 연기가 받쳐주기 때문이지 주인공 혼자서 이뤄낸 결과물이 아니다.

사람의 얼굴은 온갖 사랑을 받는다. 씻어주고 발라주고 그려주기도 하면서……. 그러나 얼굴이 얼굴되게 하는 것은 사지백체다.

사람들은 자칫 자신의 지금이 자기로 말미암아 된 것처럼 교만해지기 쉽다. 잘난 사람이나 윗사람이 가장 경계해야 하는 것이 교만이다. 교만이 권위인 줄 알면 못난 사람이다. 한 그룹의 회장이 그렇게 되기까지에는 회사 경비원을 비롯한 수많은 사람들의 수고가 있었음을 잊어서는 안 된다. 그 수고를 잊는 순간 그 화려한 권위도 처량한 권위로 추락하기 시작하는 것이다.

못난 사람은 아랫사람을 무시하므로 자신의 권위를 과시하려는 심리를 가지고 있으나 그것은 일종의 열등감이다. 진정한 권위는 겸손한 마음의 실력에서 비롯되는 것임을 모르는 데서 교만은 시작된다.

못난 사람은 자신은 좀 다른 신분이라는 착각 속에 사는 사람이다. 나는 좀 다른 사람이기 때문에 옷도 달리 입어야 하고, 먹는 것도 달리해야 하며, 차도 좀 다른 차를 타야 한다는 생각을 가진 사람이다. 자신의 신분을 주변 환경을 가지고 표현하려는 사람은 어찌보면 처량한 사람이다.

사람의 직책이 있는 것은 일을 효율적으로 수행하기 위하여 있는 것이지 사람 위에 또 사람이 있음을 과시하기 위한 것이 아니다. 그런데 직책이 신분의 귀천貴賤인 줄 알고 처신한다면 못난 사람이다.

역사적으로 위대했던 인물들은 다른 사람의 머리 위에 군림했던 사람이 아니라 낮은 자리에서 섬겼던 사람이었다. 간디가 그랬고, 마더 테레사가 그랬으며, 슈바이처가 그랬다. 대중의 희생을 강요하며 군림했던 제왕을 인류의 귀감으로 삼는 경우는 눈을 씻고 봐도 드물다. 무도한 황제들의 무덤은 사후 얼마 되지 않아 반드시 도굴을 당했다. 즉 무덤이 파헤쳐지는 부관참시(?)의 수모(?)를 겪었는가 하면, 죽어서도 놓치못한 금은보화가 털린 것이다.

부모의 권위는 높은 데 있지 않고 낮은 데 있다.

자식을 위하여 내려갈 수 있는 데까지 내려간다.

종은 불평을 하면서 희생하지만 부모는 희생을 하면서도 불평을 하지 않는다. 그래서 부모일 수밖에 없다. 부모는 자식에게 무관無官의 제왕이다. 예수 역시 무관의 제왕이었고, 부처도 무관의 제왕이었다. 간디, 테레사, 슈바이처가 위대한 것은 자신이 스스로 위대하려고 했던 것이 아니었기 때문이다. 대중의 희생으로 얻어진 권위가 아니고 스스로의 희생을 통하여 대중의 감동으로 일궈진 권위였다.

그분들을 통하여 자신의 권위의식에 매몰된 못난 영웅들이 귀감으로 삼아야 할 권위라는 것이 어떤 것인가를 알았으면 좋겠다.

손과 발, 얼굴과 발바닥은 기능의 차이일 뿐 귀천의 차이가 아니다. 얼굴은 높고 발바닥이 낮은 것은 아니다. 직책의 높낮이는 일을 위한 기능과 포지션의 차이일 뿐이지 귀천의 차이가 아니다. 11명의 축구선수 중 중요하지 않은 포지션이 있는가? 그런데 많은 사람들은 자신을 귀하게 여김으로 해서 다른 사람과 신분의 차이를 누리려 하는 것이 안쓰럽다. 돈키호테의 권위나 벌거벗은 임금님의 초라함이 어찌 우화이겠는가?

부모는 낮아서 위대한 것이지 높아서 위대한 것이 아니다. 도대체 잘난 체하지도 않는데 내 감정의 신앙으로 계신다. 왜 그럴까?

그냥 생각 속에 묻어두는 것이 완전한 설명인지도 모르겠다.

가지를 무시한 줄기는
존재할 수가 없는 것과 같이
우주의 횡적인 질서를 무시한 종적인 질서는 존재할 수 없다.

 몸의 병은 수도 없이 많아서 치료하는 약도 수 없이 많다.

또 거기에 따라 치료하는 전문의도 많다.

그리고 병은 내 몸에 생겼는데 치료는 타인이 해주거나 외부에서 약이 투여되어서 치료한다. 몸은 내 몸인데 내가 알 수도, 치료할 수도 없다는 말이다.

몸에서 비롯된 병은 몸을 상하게 하지만 죄로 말미암아 비롯된 병은 마음을 상하게 한다. 마음의 병은 스스로 지어서 쌓는 것으로서 죄업罪業이 바로 그것이다. 마음은 시기 질투와 허영 등 수없이 많다. 이런 죄업으로 말미암아 불신과 미움이 비롯된다.

에덴의 첫 사람들이 범죄로 말미암아 서로를 불신하게 되었고 형제지간에 살육이라는 참극이 발생했던 것이다. 인간 상호간에 참된 사랑과 믿음만 회복되면 마음의 병은 깨끗하게 치유될 것이다. 그래서 종교는 하나같이 사랑과 자비행을 가르치게 되었고, 서로를 의지하게끔 믿음을 추구하게 되었던 것이다.

믿음이라고 하면 신이나 성인聖人 같은 분을 향한 복종으로 생각하기 쉽지만 실은 그런 것이 아니다. 종縱적인 믿음은 횡橫적인 신뢰를 회복하기 위한 것이다. 즉 신인지간神人之間의 믿음을 인간지간人間之間으로 구체화시키려는 것이다.

가지 없는 줄기가 있을 수 없듯이 줄기가 줄기다우려면 가지도 가지다워야 하는 것이다. 가지를 무시한 줄기는 존재할 수가 없는 것과 같이 우주의 횡적인 질서를 무시한 종적인 질서는 존재할 수 없다.

마음의 병은 종횡縱橫의 질서가 파괴되면서 비롯된 것이기 때문에 그 질서를 회복하자는 것이 종교사宗敎史였던 것이다. 그래서 종교는 마음의 병을 자가치료自家治療하는 것이다.

몸은 아픔을 느끼면서도 왜 아픈지를 모르기 때문에 의사가 필요하지만 마음은 아픈 이유를 알지 않는가? 섭섭한 마음, 분한 마음, 억울한 마음, 슬픈 마음이 어디서 누구와 무엇 때문에 들어 온 마음이라는 것을 모르는 이가 있는가? 너무나 정확하게 알고 있는 것이다. 그래서 마음의 병은 내가 진단할 수 있는 아픔이기 때문에 내가 아니면 치료도 할 수 없다. 내 감정의 뿌리를 나보다 더 잘 아는 이는 없다.

책은 인간 속에서 나왔으니 못 읽을 책은 없다. 그 책이 아무리 어려워도 읽을 수가 있는 것이다. 그러나 가장 가까운 부부지간도 상대방의 마음을 읽기란 힘든 법이다.

내 마음을 읽을 자는 나밖에 없다.

내 마음을 설명한다고 상대방이 다 이해하겠는가? 일을 중심한 이성적理性的인 대화는 들으면 쉽게 이해하지만 감정적인 대화는 하면 할수록 더 꼬이는 것은 왜일까? 감정은 언어 이전의 것이기 때문에 글과 말이 능해도 감정을 그대로 표현할 수가 없기 때문이다. 그래서 마음의 진단과 치료는 자가진단과 자가치료보다 완전한 치료가 없다는 말이다.

씨앗 속에 들어 있는 꽃과 열매의 설계도

남을 속이는 것은 곧 나를 속이는 것이요,
남을 괴롭히는 것은
곧 자기를 학대하는 어리석은 행동이라는 사실을 안다면
인연을 소중히 여기지 않을 수 없다.

아름드리 거목巨木이 있어도 씨앗이 아름드리 되는 것은 없고, 꽃이 화려하고 향기로워도 씨앗은 향기나 색깔이 없으며, 열매가 달고 맛있어도 씨앗이 달고 맛있는 것은 없다. 그러나 씨앗 속에는 모양과 향기와 맛의 설계도가 다 들어 있기 때문에 씨를 소중히 여겨야 된다.

그런데 씨앗을 무시하면 나무나 꽃이나 열매를 볼 수 없다. 이러한 법칙은 비단 눈에 보이는 만물에만 적용되는 것이 아니라 우리의 삶에도 그대로 적용된다.

지극히 볼품 없는 씨앗 속에 복잡한 설계도가 들어 있듯이 하잘 것 없는 사건과 인연 속에 나도 미처 알지 못하는 역사적인 인연들이 깃들어 있기도 하고 그러한 인연들을 어떻게 대하느냐에 따라 먼 미래의 인연들이 또 다시 결정되기도 하는 것이다. 그러므로 지금을 소홀히 대하거나 함부로 놓치면 안된다.

봄에 피어나는 푸르른 잎새들이 지난 해 떨어졌던 낙엽을 먹고 자란 새싹이라는 사실을 의심하는 사람이 있는가? 땅속에서 솟아나는 샘물이 땅속에서 생긴 것이 아니라 아득한 옛날 하늘에서 내린 물이요, 지금 하늘에서 내리는 빗방울이 하늘에서 생긴 것이 아니라 땅속에서 솟아올랐던 물이라는 사실을 부정할 수 없다.

이와 같이 인연의 꼬리를 물고 돌아가는 것이 인간사라는 것을 생각하면 만나고 헤어지는 인연을 함부로 해서는 안 되는 것이다.

남을 속이는 것은 곧 나를 속이는 것이요, 남을 괴롭히는 것은 곧 자기를 학대하는 어리석은 행동이라는 사실을 안다면 인연을 소중히 여기지 않을 수 없다.

지금 내가 베푼 티끌 같은 선행이 먼 훗날 내 후손에게 태산 같은 복福으로 돌아오고, 지금 내가 지은 죄업罪業은 먼 훗날 후손에게 태산 같은 업보業報로 돌아온다는 사실을 왜 모르는지…….

성냥개비 하나

화약이 떨어져나간 성냥개비는 한 가마니가 있어도
불씨의 역할을 할 수 없지만
온전한 성냥개비는 하나만 있어도
산을 송두리째 삼켜 버릴 수 있다.

겨울 산을 태우는 데에는 큰 불이 필요한 것이 아니라 성냥개비 하나면 된다. 술밥에 많은 누룩이 필요한 것이 아니라 누룩의 씨만 넣어도 전체를 발효시켜서 술을 만들 수 있다.

저수지 둑을 무너뜨리는 데 반드시 포클레인으로만 할 수 있는 것이 아니라 새앙쥐가 드나들 만한 작은 구멍 하나만 뚫어도 무너진다. 마찬가지로 대중을 변화시키는 데는 그야말로 '대중'의 힘만이 필요한 것이 아니라 불씨를 품은 한 사람만 있어도 가능하다. 예수라는 한 사람, 석가라는 한 사람, 간디라는 한 사람, 모두 한 사람으로부터 역사는 이루어졌던 것이다. 에덴에서도 한 사람이 잘못해서 역사를 망쳤다.

큰 것이 있어야……, 많은 사람이 있어야 된다고 주장하는 사람은 '한 사람'의 역할을 할 수 없는 사람이다.

화약이 떨어져나간 성냥개비는 한 가마니가 있어도 불씨의 역할을 할 수 없지만 온전한 성냥개비는 하나만 있어도 산을 송두리째 삼켜 버릴 수 있다.

사람들이 자신에게 만족하지 못하는 것은
만족할 수 없는 상대적인 것들을 가지고
만족하려 하기 때문이다.

대부분의 사람은 '내가 이 나이가 되도록 도대체 뭘 했나?'라는 회의에 빠지곤 한다. 부러워할 만한 내용을 갖춘 사람에게 가서 물어보라. '당신은 지금 자신의 인생에 만족하느냐?'고. 남이 보기에 부러워 보일 뿐, 정작 본인에게 물어보면 한심한 구석이 한두 군데가 아니라고 말한다.

사람들이 자신에게 만족하지 못하는 것은 만족할 수 없는 상대적인 것들을 가지고 만족하려 하기 때문이다. 상대적인 가치만 가진 동물이야 상대적인 환경으로 만족하지만 절대가치인 영혼을 가진 존재가 상대적인 것으로 만족할 수는 없기 때문이다.

유한한 환경으로 무한한 영혼을 채울 수 없는 것이 인간이다. 부귀영화도 남의 것일 때 부럽지, 내 것이 되어 영혼의 그릇에 담기는 순간 한 귀퉁이밖에 차지하지 못하기 때문에 이내 허망한 것이다. 그러므로 '이 나이가 되도록' 하고 염세주의자가 되지 않으려면 자신의 삶을 다시금 정리해 봐야 할 필요가 있다.

　사람은 태어나서 포기할 수 없는 세 가지 인생을 경험하는데 그것은 자녀와 부부와 부모의 경험이다.

　이 세상의 모든 자리는 포기할 수도 있고, 바뀔 수도 있지만 앞에 열거한 자녀, 부부, 부모의 자리는 포기할 수가 없다. 그리고 그 세 가지의 삶은 사랑으로 출발해서 사랑으로 끝을 맺는 그야말로 사랑이 그 본질이다. 그러므로 이 세 가지의 사랑에 도취된 삶을 살아가는 사람은 절대로 염세주의자가 될 수 없다.

　자녀의 입장에서 부모의 사랑을 듬뿍 받고 사는 효자孝子가 정서적으로 불안할 수가 없고 부부지간夫婦之間에 온전한 사랑을 주고받으면 항상 의욕적이며, 훌륭한 자식을 둔 부모는 언제나 행복 속에 사는 것이다.

　부모의 사랑과 부부의 사랑과 자녀의 사랑이 정상적인 사람은 인생 전체가 천하를 얻은 감정으로 살 수 있지만 반대로 이 세 가지의 사랑 중에서 하나라도 결핍되면 ‘이 나이가 되도록……’ 하고 탄식하게 된다.

　그러고 보면 인간은 사랑 때문에, 사랑을 위하여 사는 것이지 상대적인 환경 때문에 사는 것이 아니다.

주체를 향한 생명들

생명의 세계는 자신이 그리워해야 할 주체를 정확히 인식하고 있다.
그러나 죽은 나무는 태양의 방향도,
계절의 온도도 밤낮도 분간하지 못하고
멍청히 서 있을 뿐이다.

생명의 세계는 무엇이든지 생명의 주체를 흠모하며 생존하게 되어 있다. 나무는 태양이라는 생명의 주체를 향하여 가지를 뻗어 나가게 되어 있고, 사람은 영靈의 부모인 하나님과 육肉의 부모인 부모님을 흠모하면서 자신이 마음을 다스려가게 되어 있다.

그리움의 주체나 대상과의 관계가 좋지 않으면 내 마음에 당장 흑암이 찾아들고, 그 관계가 좋으면 흑암이 걷히는 것이다. 그것은 밀폐된 공간에 전기불을 켜면 어둠이 물러가고, 끄면 그 순간 어둠이 덮어버리는 것과 같은 것이다. 없던 어두움이 찾아들어온 것이 아니라 빛 때문에 어둠이 어둠의 구실을 못하는 것이다.

이것은 흡사 음식이나 공기와 함께 항상 세균이 내 몸에 침투하지만 내 몸이 건강하면 세균을 이겨내고, 그렇지 못하면 세균의 침범을 받아 병이 나거나 죽게 되는 것과 같은 것이다.

건강이라는 것은 본래 내 속에 내재한 것인데 병이 들어와서 건강이 쫓겨난 것이다. 그래서 쫓겨난 건강을 찾아서 약방과 병원을 기웃거리게 되는 것은 건강을 사러 다니는 것이다.

마찬가지로 천국도 본래 내 속에 있었는데 죄가 들어옴으로써 천국이 바깥으로 쫓겨난 것이다. 그래서 교회에 가서 천국을 찾으려 하고, 법당에 가서 극락을 찾으려 하는 것이다. 사람들이 야외로 놀러 가고, 술집에 가서 마음의 자극을 얻어 보려는 것이 모두 잃어버린 천국을 찾는 몸부림이다. 자기 마음의 공간이 채워지지 않기 때문에 그렇게 해서라도 마음의 공간을 채워 보려 하는 것이다.

병든 사람은 세균이 침투해서 발병했고, 건강한 사람은 세균이 침투하지 않아서 건강한 것이 아니라 자기 스스로 세균에 대한 저항력이 있기 때문이다. 이처럼 행복과 불행이 요소가 달리 이질적으로 존재하는 것이 아니라 부딪힌 상황을 어떻게 대하고 수용하느냐에 따라 좌우된다.

해바라기를 보면 인간과 같은 영적인 의식이 없어도 태양이 어느 방향에서 떠서 어느 방향으로 지는지를 정확히

알고 있다. 서산에 해가 질 무렵이면 해바라기는 그 얼굴을 반드시 서쪽을 향하고 있지만 아침이 되면 동쪽을 향하고 있다. 밤새 자신의 고개를 돌려서 아침에 동쪽에서 솟아오르는 태양을 기다리고 있지, 정신 없이 서쪽을 향하고 있다가 아침에 부랴부랴 고개를 돌리는 정신 나간(?) 해바라기는 없다.

이와 같이 생명의 세계는 자신이 그리워해야 할 주체를 정확히 인식하고 있다. 그러나 죽은 나무는 태양의 방향도, 계절의 온도도 밤낮도 분간하지 못하고 멍청히 서 있을 뿐이다.

살아 있는 나뭇가지가 태양을 향하고 알아보듯 심령이 살아 있는 자는 사랑과 생명의 주체를 알아보게 되어 있다. 또 나무뿌리가 물길과 거름을 알아보고 찾듯, 인간은 삶의 올바른 방향을 찾아가게 되어 있으며, 시간이 지난 후 열매로 보답하듯 인간은 사랑의 주체 앞에 보답을 하게 되어 있는 것이다.

시들지 않는 꽃

뜨락에 피어 있는 꽃을 보면서 아름다움을 감탄했더니 곁에 앉아 있던 팔순을 훌쩍 넘긴 노모老母가 독백처럼 흘리는 말씀……

"아름다운 꽃은 지기도 하고 시들기도 하지만 자식은 시들지도 않고 지지도 않는 꽃이지……."

누가 무학無學의 어머니를 무지無知하다고 말하겠는가?

아홉 남매를 낳아 영원히 시들지도 지지도 않는 꽃으로 생각하면서 길러온 삶의 철학을 말씀하시는 것이다.

어찌 부모에게 자식만이 지지 않는 꽃이랴. 자식에게도 부모 역시 지지 않는 꽃인 것을……. 부모는 아무리 늙어도 아름다움 그 자체다. 연로하신 부모님이 능력으로는 사회에 그다지 기여할 일이 없지만 자식에게는 언제나 가장 큰 존재로 곁에 서 계신다.

참된 사랑의 관계는 영원히 시들지 않는 꽃이기 때문에 그 행복도 영원한 것일 수밖에 없는 것이다. 피는 꽃은 지고도 다시 필 수 있지만 부자지간의 꽃은 한번 지면 다시 필 수도 없이 영원한 슬픔으로 내 가슴에 피어 있다.

신의 창조도 이러 하지 않겠는가?

인간을 창조하면서 부자지간父子之間이라는 사랑의 인연을 고리로 해서 창조했기 때문에 신에게서의 인간은 영원히 지지 않는 꽃이어야 했던 것이다. 그런데 그 꽃이 시들어 버렸으니 보고 즐길 수 있는 대상을 잃어버린 것이다.

인간 역시 영원한 꽃을 잃어버리고 살아가면서 순간의 감정에 종노릇을 하고 있으니 이것이 바로 자신을 상실한 처량한 인생인 것이다.

스승은 걸어다니는 책

책이 없던 시대에는 사람을 정성과 사랑으로 직접 키웠기 때문에 올바른 인간성이 형성될 수 있었다. 그리고 책이 궁하던 시대만 해도 그 책들은 하나같이 그 주제가 인간이고, 책을 가르치는 스승들도 걸어다니는 책으로서 지행일치知行一致의 삶을 사신 분들이었다. 그래서 가정에서나 서당에서도 '보여주는 교육'이었지 '가르치는 교육'이 아니었다.

그런데 현대는 책의 홍수시대다. 갈수록 삶으로 보여주는 것은 줄어들고 가르치는 교육의 일변도一邊倒이다. 이제는 부모나 스승이 우리의 자녀들을 만드는 것이 아니라 책이 만들고 있는 것이다.

현대는 자녀들을 양육함에 있어서 부모들의 할 수 있는 역할이 별로 없다. 매스콤이 아이들의 정서를 만들고 사회의 저질문화가 아이들의 행동양태를 만들어 간다. 산업화시대니 여성해방이니 하는 언어들로 인하여 우리의 아이들은 가정 밖으로 내던져지고 있는 것이다. 아가방에서 유아원으로, 유치원에서 학교로, 학교에서 PC방, 오락

실……. 도대체 가정에서 부모로부터 영향을 받을 수 있는 장場을 잃어버린 것이다.

성장기成長期라는 것을 단순히 육체적인 것이나 지知적인 발달에만 둔 나머지 양질의 음식이나 먹이고 학교 공부만 잘하면 된다고 생각하지만 그것은 크게 잘못된 생각이다. 성장기의 청소년에게는 육체 못지않게 정신적인 성장이 중요하다. 거기에는 부모의 지극한 사랑이 정서형성에 절대적인 영향을 준다.

밥은 밥그릇에 담아서 먹지만 공기는 우주 공간 속에서 호흡하듯이, 지식은 책에 담아서 배우지만 사랑은 부모의 품안에서 받으며 자라야 올바른 정서가 형성되는 것이다. 그런데 아이들이 태어나자마자 사회의 시스템system 속에 넣어서 맞춤형 인간으로 길러내는 오류를 범하는 것이 현대이다.

이것은 양육이 아닌 사육이다. 흡사 돼지를 자동화 시스템에서 규격화된 상품으로 길러 내듯이…….

여기에서 어떻게 인간다운 인간성이 형성될 수 있겠는가? 책이 궁하던 시대에는 책이 그리웠는데 책의 홍수시대인 오늘날은 오히려 책이 없던 시대를 더 그리워하게 되는 것은 웬일일까?

남자는 아들, 남편, 아버지 역할을 잘해야

사람의 도리를 잘 해야 할 자리에서
무책임하면 그것이 바로
공부를 못하는 무식이 되는 것이다.

사람은 태어나서 세 가지 이름을 얻는다.

남자는 '아들, 남편, 아버지'가 그렇고, 여자는 '딸, 아내, 어머니'가 그렇다. 그러므로 이 세 가지 이름에 충실해야 하는 것이 인생이고, 그것을 잘하기 위해서 노력하는 것이 소위 공부工夫라는 것이다.

흔히 공부라고 하면 국어, 영어, 수학과 같은 것을 일컫지만 그것은 기능이고, 기술이지 진정한 공부가 아니다.

학교에서 배우는 공부는 잘하면서 자식으로서의 도리道理에 소홀하다면 공부를 잘 한다고 할 수 있는가? 남편으로서 무책임하고, 부모로서도 무책임한데 좋은 학력을 가졌다고 공부를 많이 한 것인가? 사람의 도리를 잘 해야 할 자리에서 무책임하면 그것이 바로 공부를 못하는 무식이 되는 것이다.

그러므로 유식有識을 많이 '아는 데' 둘 것이 아니라 예도禮道를 지키고 '사는 데' 둬야 한다. 요즈음 사회와 나라가 혼란스러운 것도 아는 것이 궁해서가 아니라 사는 것을 소홀히 해서 그렇다.

농경사회 시대에는 사회변화의 주기가 몇 세기였고, 생명주기는 60여 년이었기 때문에 어렸을 때 배운 쟁기질로 평생을 사는 데 불편함이 없었다. 그렇기 때문에 기능교육이 필요치 않았고 오직 인간교육만 했을 뿐이다. 한 가지의 정보로 평생을 살았다는 말이다.

그런데 산업화 사회가 되면서 사회 변화주기는 생명주기를 훨씬 앞질러 버렸다. 생명주기는 별로 달라지지 않았는데 사회 변화주기는 세기, 년, 월, 주가 아닌 일日과 시時로 바뀐 것이다. 쏟아지는 새로운 정보로 인하여 정신이 혼미해질 정도가 된 것이다. 그래서 거기에 대처하기 위한 교육이 소위 기능교육 중심의 현대교육이 된 것이다. 이것은 물론 시대적인 요청이긴 하지만 문제는 가치관 교육 자체가 몰락한 데 있다. 그로 인하여 삶의 환경은 격조가 높아졌는데 인간의 격조는 추락할 대로 추락해버린 것이다.

그러므로 21세기의 교육은 농경사회 시대의 정서인 건전한 가정윤리로 돌아가야 한다. 진정한 인간교육으로 돌아가서 공부工夫의 목적이 되찾아져야 하는 것이다.

에덴동산은 어디일까

성서에 나오는 에덴동산은 어디일까?

아담과 해와가 살았던 에덴동산은 어떤 풍경이었을까? 아마 그 세계는 인류가 바라는 이상향이었을 것이다. 그런데 불행하게도 인류는 그 이상향을 한번도 가져보지 못한 채 그야말로 이상理想으로 그쳤을 뿐이다. 크리스천들은 하나님이나 예수님이 천국이라는 이상세계를 갖다줄 줄 알지만 그 분들이 갖다 줄 뜻이 있었다면 2000년이란 세월이 필요했을까? 그렇게 염원해도 오지 않는 것을 보면 그것은 내가 만들지 않으면 안 된다는 것을 의미한다.

동물들은 요리를 하지 않고 있는 그대로를 먹고, 식물들도 만들어진 자연에 적응할 뿐이다. 그런데 인간은 만들어 먹도록 창조된 것이다. 논에는 벼는 있지만 밥이 없고, 채소밭에는 나물이 없다. 나물이나 김치나 밥은 만들지 않으면 영원히 없는 것이다. 마찬가지로 만들어져 있거나 만들어 주는 이상향은 없다. 자기가 만들지 않으면 안 되는 것이 에덴동산이다.

에덴동산은 사랑의 하모니를 이루는 세계를 의미한다. 그러므로 내 사랑의 상대자가 곧 나의 이상향이 되는 것이다. 천국은 이상적인 환경에서 비롯되는 것이 아니라 이상적인 사랑에서 비롯되는 것이다.

설악산이나 금강산의 아름다운 산세가 아담과 해와가 살았던 에덴동산보다 못하겠는가? 그러나 그토록 아름다운 산천에 가 있어도 사랑하는 사람과 동행하고 싶은 생각이 더 간절한 것을 보면 사랑이 채워져야 에덴동산이라는 것을 부정할 수 없는 것이다.

나아가 자신의 삶을 보다 나은 방향으로 발전시키거나 창조해가는 과정에서 느끼는 희열, 그 자체가 행복인 것이다. 그러므로 '창조된 천국'이 아닌 '창조해 가는 천국'을 기뻐해야 한다.

우주력과 창조

우주력宇宙力이라는 것은 보이지는 않지만 역동적으로 살아 움직이는 힘이기 때문에 생명生命을 창조한다.

공기와 물과 빛이 없는 데는 생명이 형성될 수 없다. 생명이 생명되게 하는 것은 생명 스스로의 힘이 아니라 눈에 보이지 않는 위와 같은 우주력이다.

감이 감나무에 매달려 있지만 그것은 감나무 스스로가 감을 만든 것이 아니라 무형의 우주력이 생명의 씨를 자극해서 생명(감)을 창조한 것이다.

그러므로 공기는 그 자체가 생명을 가지게 하는 원인자

이고, 물도 그 자체가 생명을 가지게 하는 원인자이며, 빛도 그 자체가 생명력을 가지고 생명을 빚어내는 우주력이다. 그중에 정상적인 생명체生命體는 우주력의 보호를 받지만 비정상적인 생명체는 우주력으로부터 압력을 받게 된다. 시든 나무는 햇빛과 바람이 더 시들게 하고, 싱싱한 나무는 햇빛과 바람이 더 싱싱하게 한다. 이처럼 우주력은 살아 있게 하는 원인자이기 때문이다.

그 우주력과 상대성을 띨 수 있는 내 스스로가 되면 무한히 발전할 수 있는 것이다.

그런데 인간에게 있어서의 우주력의 내용은 그 차원을 달리 한다. 인간의 몸이 자연속에 내재하는 우주력과도 상대성을 띠어야 되지만 인간의 마음은 '선善한 사랑' 이라는 우주력과 상대성을 띠어야 한다.

사랑이 비록 형체는 없으나 가장 강한 힘을 가지는 것은 사랑이 하나님의 창조의 동기와 목적이기 때문이다. 그러므로 몸으로는 땅의 우주력과 상대성을 띠고, 마음으로는 하늘의 우주력과 상대성을 띠게 될 때 인간 속에 내재한 무한대의 잠재력이 개발된다.

메시아의 능력이 무한한 창조와 가능성으로 나타나는 것도 우주력과 온전한 상대성을 띠게 된 자연스러운 결과다.

그렇다면 나는 지금 몸과 마음이 선한 우주력과 정상적인 상대성을 띠고 있는가? 선한 우주력과 상대성을 띠면 의욕적이며, 창조적인 삶을 살아갈 것이다.

우주력과 조화

우주력은 그 자체가 조화로운 힘을 지니고 있어서 삼라만상을 조화롭게 해준다. 무색無色, 무미無味, 무취無臭인 빛과 공기와 물이라는 우주력이 조화로운 색과 맛과 향기를 창조해 내고 명암과 종횡과 요철로 하모니를 이루어 내는 것은 그 자체가 설명할 수 없는 조화의 능력을 가지고 있기 때문이다.

같은 바닷물 속에 사는 고기인데도 각각 그 맛과 모양과 색이 다르고, 같은 땅과 공기에서도 맛과 향기와 색이 다른 열매가 열리는 것은 모두 우주력의 조화에서 기인하는 것이다. 반면에 우주력 그 차체와 조화를 이루지 못하면 스스로 소멸되는 것이 자연의 법칙이다.

이와 같이 우주력은 인간에게도 그대로 적용되는 바. 인간의 마음을 지배하는 또 다른 우주력은 하나님의 사랑이라는 우주력이다. 그렇기 때문에 그 사랑 속에 거하게 되면 상하 전후좌우 입체적인 조화를 이룰 수 있지만 그렇지 못하면 불화 할 수밖에 없다.

사랑이라는 것은 그 자체가 시간성이나 공간성도 없고, 어디서 왔다가 어디로 가는지도 모르지만 사랑이라는 우주력에 덧입게 되면 시간과 공간을 초월할 수 있는 능력이 생기는 것이다.

이처럼 우주력이라는 것은 보이지는 않지만 인간은 물

론 우주를 지배할 수 있는 힘을 가졌다. 그러므로 그 우주력과 상대성을 띠게 되면 무한대의 조화의 미美를 갖게 되는 것이다.

지금 나는 내 삶이 영역에서 조화롭게 살아가고 있는가?

우주력과 의지

흐르는 물은 그냥 흘러가는 것 같지만 그 속에 있는 생명체를 성장시켜 놓고 흘러간다. 스쳐 지나가는 바람이 그냥 지나가는 것 같지만 공간 속에 있는 생명을 길러 놓고 지나가며, 내리쬐는 햇빛이 그냥 비추는 것 같으나 생명을 생명답게 변화시키는 것처럼 무형의 우주력宇宙力은 시간時間이라는 흐름을 타고 유형이 생명으로 나타난다.

마찬가지로 생명生命은 생명대로 무형의 우주력과 시간을 보이지 않는 손으로 붙잡아 자기 속에 차곡차곡 쌓아서 가을에는 아름다운 열매로 나타난다. 이 열매는 단순한 나무의 열매가 아니라 우주성宇宙性을 띠고 보답報答의 실체實體로 나타난 것이다. 반면에 쭉정이는 우주력 앞에 신세만 진 배은망덕背恩忘德의 실체로 나타났기 때문에 사람도 벌레도 좋아하지 않는다.

이처럼 모든 존재는 일정한 시간이 경과한 후 누구 앞에든 보답의 실체로 나타나야 아름다운 것이다. 학생은 스승 앞에, 자식은 부모 앞에, 인간은 하나님 앞에, 만물은 인간 앞에……. 나는 나와 관계맺은 분들 앞에 보답을 하고 있는지 생각해 볼 일이다.

물질세계를 심정적으로 주관하는 또 하나의 방법은
소유所有의 문제로서,
물질을 소유하는 목적을 공의公義에다 두는 것을 의미한다.

사람이 자연을 주관하는 데는 기능적技能的인 주관과 심정적心情的인 주관이 있다.

기능적인 주관이라고 하는 것은 물질세계를 자연과학으로 주관하는 것을 의미하는데 그것은 우리가 누리고 있는 온갖 문명의 이기利器를 말한다.

그러면 자연과학은 어디에서 온 것인가? 그야말로 '자연에서 온 과학'이다. 즉 자연의 법칙(기초과학)을 응용한 과학(응용과학)이 곧 우리가 누리는 과학문명이다.

자연계는 크게 3물(광물, 식물, 동물)과 3체(기체, 액체, 고체)로 구분되는데 이것들이 갖는 상호 조화의 법칙을 발견해서 우리의 삶에 편리하도록 변화 발전시킨 것이 자연과학이다. 이것은 인간만이 갖는 유일한 능력이다.

우리가 누리고 있는 전자매체는 거의 시간과 공간을 초월할 정도의 수준인데 이것이 모두 인간의 머리에서 비롯된 것이기 때문에 인간은 신神의 창조성創造性을 그대로 상속받은 존재라는 데 의심의 여지가 없다.

그러나 인간이 신출귀몰한 재주를 부리는 두뇌를 가졌

다고 하더라도 그것 역시 신의 창조에 기인한 것이고, 과
학이라고 하는 자연계의 법칙 역시 신의 창조원리에 기인
한 것이기 때문에 과학이 발달하면 할수록 인간은 자기도
모르는 사이에 신에게 더 가까이 다가갈 수밖에 없는 것이
다. 손오공이 아무리 재주를 부려도 삼장법사의 손바닥에
서 벗어날 수 없는 것처럼. 그리고 물질세계를 심정적으로
주관하는 것은 예술로써 모든 사물을 예술적 가치로 대하
려는 인간의 마음이 바로 그것이다.

원시적인 과학은 인간에게 '편리함'을 제공하는 것으로
과학의 사명을 다했지만, 미래의 과학은 시각적인 디자인
으로 완성도를 높이게 될 것이다. 아름답지 않으면 선택하
지 않을 것이기 때문이다. 이것은 먼 훗날의 이야기가 아
니라 지금도 고객이 제품을 선택할 때 동일한 조건하에서
는 디자인에 더 큰 비중을 두는 것이 좋은 예라 하겠다.

물질세계를 심정적으로 주관하는 또 하나의 방법은 소
유所有의 문제로서, 물질을 소유하는 목적을 공의公義에다
두는 것을 의미한다. 즉 재물이
라는 것은 소유나 축재에 그
목적이 있는 것이 아니라
공의를 위한 수단이라
는 것이 인격화되어야
한다는 말이다.

이처럼 만물에 대한
올바른 주관성을 가짐

으로 말미암아 만물의 참된 주인이 될 수 있다는 생각을 가져야 한다는 것이다.

우주는 기氣의 집합체로서 기의 조화에 의하여 발전과 성장, 번식과 작용이 벌어지게 되어 있다. 반대로 기가 조화롭지 못하면 퇴보를 하게 되고, 파괴와 불협화음이 생기게 되어 있다. 이것은 비단 자연계에만 적용되는 것이 아니라 인간의 성장과 완성에도 적용되는 법칙으로서, 자신의 육신과 영인체가 우주에 내재해 있는 기와 조화를 잘 이루면 건강한 영靈과 육肉을 가질 수 있지만, 그렇지 못하면 우주의 기로부터 압력을 받거나 병이 되는 것이다.

자연계의 모든 조화는 기의 조화라고 할 수 있다.

나뭇잎이나 열매 하나가 생기는 것도 우연히 생기는 것이 아니라 무형의 기가 모여서 유형의 색깔과 모양과 맛을 내게 되는 것이다. 생명이라는 것 자체가 기의 결실이라는 말이다.

공기空氣가 없는데도 생명이 존재할 수 있을까? 습기濕氣와 온기溫氣와 냉기冷氣가 없는데도 생명이 형성될 수 있는가?

사과의 맛과 향 그리고 색깔과 생명의 씨는 모두가 우주에 내재한 무형의 기가 사과나무를 통하여 조화를 이룬 기의 결실체라고 할 수 있다. 일조조건日照條件이 좋지 않아서 햇빛을 제대로 받지 못한 사과가 맛과 향기와 색깔이 좋을 수 없다. 오염된 공기와 물속에서는 온전한 생명이 형성될 수 없는 것은 기 자체가 오염되어서 정상적인 생명력을 잃어 버렸기 때문이다.

기라는 것은 시시각각時時刻刻 그 흐름이 다르며, 장소에 따라 조화를 달리하는 것이라서 그 시기와 장소를 잘 맞추면 좋은 생명이 형성될 수 있지만 때와 장소를 놓치면 좋은 생명의 결실을 볼 수 없는 것이다.

이를테면 봄에 피어야 할 꽃은 봄이라는 기운氣運을 받고 피어야지 그 때를 놓치면 절대로 열매를 맺지 못한다. 복숭아나 사과나무가 모두 봄에 꽃이 피지만 복숭아는 여름의 기운을 받고 여름에 결실하고, 사과는 여름을 지나 가을의 기운을 받고 가을에 결실한다.

한방韓方에서 여름에는 보리밥이 건강에 좋고, 겨울에는 쌀밥이 건강에 좋다고 하는 것은, 보리는 추운 겨울을 나면서 자라므로 그 속에 냉기冷氣를 품고 있기 때문이요, 쌀은 여름에 성장한 것으로서 온기溫氣를 품고 있기 때문이다. 그래서 계절마다 그 계절에 생산되는 음식을 섭취하는 것이 건강에 좋다.

또 어떤 지방에서는 사과가 잘 되고, 어떤 지방에서는 배가 잘 된다는 것은 그 지방의 기가 그 나무와 일치하기 때문이다. 이처럼 무형의 기가 유형의 생명에 미치는 영향은 절대적인 것이라고 할 수 있다. 즉 무형의 기에 의해서 유형의 생명이 지니는 질質과 양量이 결정되는 것이다.

인간도 우주에 내재한 기와 잘 조화를 이루어야 건강을 유지할 수가 있다.

밥을 먹는 것은 우주의 기를 먹는 것이요, 호흡을 하는 것도 우주의 기를 섭취하는 것이다. 그렇기 때문에 밥을 먹지 않으면 기운이 없는 것이고, 기를 섭취하면 기운이 나오는 것이다. 좋은 공기를 호흡하면 기분이 좋은 것은 나 밖의 기와 내 속의 기가 조화를 잘 이루기 때문이다.

인간의 육체를 형성하는 세포 역시 기의 집합체이기 때문에 죽으면 육신의 세포는 에너지로 돌아가 버리는 것이다. 이렇게 기라는 것이 생명세계의 운동과 번식과 작용의 원동력이기 때문에 양질良質이 공기와 습기, 그리고 양질의 냉기와 온기를 섭취해야 건강한 육신생활을 하게 될 텐데, 인간 스스로 자연을 파괴해서 기를 오염시켜 버렸으니 병이 만연하지 않을 수가 없는 것이다.

이처럼 죽어가는 우주의 기를 어떻게 회복시킬 것인가 하는 문제를 놓고 많은 학자들이 머리를 맞대고 연구하고 있지만, 언제나 새로운 개발이나 발명 뒤에는 우주의 기가 오히려 오염되고 파괴되는 악순환을 거듭하고 있으니 근본적인 치유책이 없다고 해도 과언이 아니다.

제자리 찾는 역사

신앙자들이 제자리를 찾아갈 생각은 하지 않고
자기 종교를 통하여 이상세계가 올 것이라고 믿고 있는 것은
농사는 게을리 하면서 풍년을 기대하는 것과 같은 무모한 행위이다.

무엇이든 제자리에서 자신의 사명을 다하면 아름답고, 제자리를 이탈하거나 제 사명을 하지 못하면 흉하다.

밥알이 입 속에 있으면 깨끗하지만 입가에 붙어 있으면 흉해 보이고, 농약도 농작물에 가면 보약이 되고, 보약도 체질에 맞지 않으면 독약毒藥이 된다. 풀도 밭에 있으면 잡초雜草가 되어서 '잡雜' 자가 붙지만, 밭두렁에 있는 풀을 잡초라고 하는 사람은 없다.

풀은 풀 자체로 충분히 아름다움을 지니고 있다. 풀 한 포기 없는 민둥산이나 사막이 얼마나 황량한가? 밭에서는 잡초로 천대받던 풀도 황량한 사막에서는 생명의 신비를 느끼게 하는 경이로움마저 느끼게 한다.

그러고 보면 이 세상에 몹쓸 것은 하나도 없고 모두 제자리에 있지 않은 것 때문에 나쁘게 여김받을 뿐이다.

사람들은 어제까지 쓰던 것도 오늘 못 쓰면 아무런 거리낌없이 버린다. 금방 밥숟가락에 얹혀 있던 밥알이 바닥에 떨어지면 냉정하게 버린다. 일단 제 위치나 사명을 잃어버

렸다고 생각하면 쓰레기라는 이름으로 미련없이 버린다.
그런데 피조물 가운데 인간보
다 더 제 위치와 사
명을 상실한 존재
가 또 있는가?
인간의 본래
위치는 하나님
의 자녀와 만물

의 주인된 자리인데, 자신의 자리를 지키지 못하여 물질에
주관받고 하나님을 신령님 섬기듯 믿어야 하는 한심스러
운 존재가 되었다.

그런데도 하나님은 제 위치를 잃어버린 인간을 버리지
않고 유구한 역사를 거쳐 오면서 또 한 번의 기회를 주시
려고 기다려 오셨다. 그래서 복귀섭리는 '기다림의 역사'
라고 말할 수 있다. 만약 감정적으로 대한 나머지 '포기'라
는 것이 있었다면 인간세계는 벌써 포기당했어야 할 세계
이다. 그러나 인간을 포기할 수 없는 것은 '인간을 포기하
는 것은 곧 하나님 자신을 포기하는 것'이 되기 때문이다.
그것은 자식을 포기하는 것이 곧 부모인 자신을 포기하는
것과 같은 것이다.

인간을 본래적인 위치로 복귀시키는 것은 하나님 자신
도 인간의 부모라는 본래적인 위치로 돌아가는 것이기 때
문에 복귀섭리는 '제자리 찾아가기 역사'였다고 해도 과
언이 아니다.

나아가 인간의 이러한 위치는 궁극적으로 하나님의 자녀가 되는 길이며, 만물 앞에는 하나님 대신 하나님 노릇을 하는 자리이기 때문에 인간이 본래적인 위치를 찾는다는 것은 우주의 질서가 바로 잡히는 것이기도 한 것이다.

이상세계는 인간이 제자리를 찾아서 제 사명을 하게 될 때 이루어진다. 그런데 신앙자들이 제자리를 찾아갈 생각은 하지 않고 자기 종교를 통하여 이상세계가 올 것이라고 믿고 있는 것은 농사는 게을리 하면서 풍년을 기대하는 것과 같은 무모한 행위이다.

그러한 의미에서 21세기는 인간이 제자리로 돌아가는 세기가 될 것이며, 또 반드시 돌아가야 한다.

역사적으로 태양과 달이,
사람들의 마음속에 신앙의 대상으로 자리잡고 있는 것도
그것이 인간에게 미치는 영향 때문일 것이다.

나와 태양의 거리는 144,000.000km 정도 된다. 초속 30만km의 빛이 8분 가량 달려와야 되는 셈이다. 그러나 눈만 뜨면 그 태양은 따사로운 햇볕으로 내 피부에 와 있고, 사계절 모든 생명을 생명되게 해 주기 때문에 거리감을 느끼지 않는다. 태양도 내게 아무런 영향을 주지 못하면 그것 역시 화성이나 금성같은 하나의 별에 불과할 텐데…….

달 역시 반사체이긴 하지만 밤을 밝혀주는 낭만적인 별이다. 그렇기 때문에 지구로부터 385,000km 밖에 있지만 언제나 우리의 문학과 예술의 대상으로 자리잡고 있다. 멀리 있어도 내 곁에 빛으로 있고 떨어져 있어도 하나 돼 있기 때문에 친근한 것이다.

역사적으로 태양과 달이 사람들의 마음속에 신앙의 대상으로 자리잡고 있는 것도 그것이 인간에게 미치는 영향 때문일 것이다.

북두칠성 역시 일곱이라는 수의 특별한 의미 때문 아니겠는가? 그러나 같은 태양계이면서도 화성 금성 목성같은

별에 대하여서는 그야말로 책 속에나 있는 별일 수밖에 없
는 것은 그것이 우리에게 미치는 영향이 별무別無이기 때
문이다.

　그런데 오늘날 신앙인들이 믿는 신神 역시 자칫하면 화
성이나 목성같은 이름만 있는 신이 될 가능성이 많다. 그
들이 믿고 가르치는 신은 언제나 초월적이고 피안의 세계
에 계신 신이 아닌가? 상대적으로 인간은 낮고 천賤한 피
조물에 불과한 것이다. 그래서 인간들이 그를 숭배하고 받
들면 복을 내려 주시기도 하고 그렇지 못하면 적당히 징계
를 내리시는 분쯤으로 생각하는 것이다.

　그러나 그렇지 않다. 해가 그토록 멀리 있으면서도 내 피
부에 따사로운 빛으로 다가오기 때문에 나와 같이 있는
태양인 것처럼 신은 더 높을 수 없으리만치 높이 계시면서
도 내 삶의 현장에 다가오셔서 사소한 감정까지도 살피시
는 신이기 때문에 가장 다정한 고유명사인 '아버지'라고
칭하는 것이다.

126

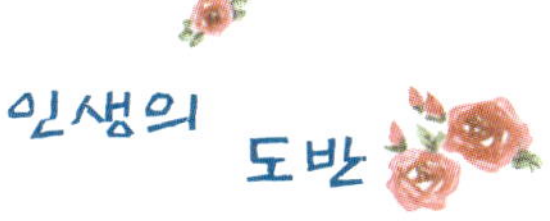

인생의 도반

바람을 크게 타는 나무는 뿌리가 부실하기 때문이고,
파도를 크게 느끼는 것은 그 배가 작기 때문이다.
사람에 따라서 위기가 기회일 수도 있고,
호기가 위기일 수도 있다.

몸이 아프면 의사에게 내 몸을 맡긴다. 내 몸인데도 어디가 왜 아픈지 알 수 없다. 그래서 타인에게 몸을 맡겨 진단하고 치료한다. 그러나 마음에 관한 진단은 자기가 진단하는 것이 가장 정확하다. 마음은 보이지 않지만 희로애락의 감정적인 뿌리를 정확히 알고 있다.

마음이 괴로울 때 그 괴로움의 진원지가 어디라는 것을 모르는 이는 없다. 그리고 그것을 어떻게 치료해야 하는가도 잘 알고 있다. 다른 사람은 내마음을 볼 수 없기 때문에 치료할 수도 없지만 자신은 정확하게 알기 때문에 스스로 치료해야 되는 것이다. 마음의 병을 본인 외에는 정확하게 아는 이가 없다. 병은 원인을 치료해야 되듯이 마음의 고통도 아픈 원인을 치료해야 완치되는 것이다.

몸의 병은 오염된 환경이나 음식물에 그 원인이 있는 것이 보통이지만 마음의 병은 주로 사랑의 결핍에서 비롯된다. 그러므로 나와 관계맺고 있는 인간관계에 사랑이 정상적인지를 생각해 봐야 한다.

밥의 굶주림도 참을 수 없는 일이지만 사랑의 굶주림도

못지않게 참혹하다. 돈은 떨어져도 정情이 남아 있으면 살수 있지만 돈이 아무리 많아도 정이 떨어지면 희망도 없다.

사람이 살아가면서 근심과 걱정이 없을 수가 있겠는가? 굳이 심리학자의 말을 빌리지 않더라도 사람이 살아가면서 근심 걱정이 없는 날이 있을까? 바람과 파도는 언제나 있는 것이고, 파도 역시 언제나 있는 것이다. 고기는 파도를 타고 노니는 것이다. 마찬가지로 마음속의 근심과 걱정을 없애려고 하지 말고 그 근심을 잠재울 만한 높은 철학을 찾을 것을 권하고 싶다.

바람을 크게 타는 나무는 뿌리가 부실하기 때문이고, 파도를 크게 느끼는 것은 그 배가 작기 때문이다. 사람에 따라서 위기가 기회일 수도 있고, 호기가 위기일 수도 있다.

근심은 연중행사年中行事가 아닌 주중행사週中行事 내지 일중행사日中行事처럼 나와 가까이에 있다. 그러다가 어느 날인가 보면 내 자신이 그 근심에 익숙해 있거나 나를 버려두고 지나가 있기도 하지 않는가?

내게 다가오는 근심은 천지신명께서 내게 주신 삶의 화두라고 생각해야 한다. 이것은 운명론이 아니라 운명을 맞이하는 적극적인 삶이다. 자기 삶에 대한 긍정만이 자기 문제에 대한 유일한 해결 방법이다.

근심은 인생의 도반이지…… 부부 불화는 부부의 도반이고, 자식 때문에 속상하는 것은 부자지간의 도반이지 그것을 피한다고 피해지나…….

마음의 우주성宇宙性

사랑은 모든 것을 초월하고 포용할 수도 있을 만큼
극대화極大化될 수도 있지만
셈하지 못할 것이 없을 정도로
극소화極小化될 수도 있다.

복잡한 거리를 온종일 다녀봐도 떨어진 동전 한 닢 볼 수 없을 만큼 너 나 할 것 없이 돈 단속은 잘한다. 그러나 마음을 흘릴까봐 마음 단속을 위하여 노력하는 이는 그다지 많지 않다. 돈 단속만큼이나 마음 단속도 잘하면 좋겠다.

사람들은 담배꽁초를 아무데나 버려서 주위를 더럽히면서도 그다지 주저하지 않는다. 또 재물에 대한 욕심으로 인하여 자신이 영혼을 흐리게 하는데도 삼가하지 않는다.

지난 여름 피서를 하고자 인근 계곡을 찾았다. 적당한 곳에 자리를 잡았는데 거기도 사람들이 다녀간 흔적이 있었다.

바로 옆 후미진 곳에 버리고 간 쓰레기 더미가 고약한 냄새와 함께 미간을 찌푸리게 했다. 사람들은 자기가 버리고 간 그 쓰레기에 자신의 마음까지 버려진다는 생각을 하지 못한다.

운전을 하면서 차창 밖으로 쓰레기를 버리는 사람을 가끔 본다. 그 역시 자신이 마음을 내던져 버린다는 생각을 하지 못하기 때문에 하는 행동일 게다.

몸은 유한한 것이라서 '여기' 밖에 없지만 마음은 그렇지 않다. 몸은 지금 여기 있으면서도 마음은 저기를 생각하기도 하고, 과거와 미래를 넘나들기도 한다.

내 마음이 미치지 못할 곳이 있는가? 공간의 원근遠近에 관계 없고 시간의 장단長短에 관계 없는 것이 내 마음이다. 그러므로 마음의 세계는 '나 이외의 것'이 없고 모든 것이 내 마음 속에 포함되어 있다.

봄이나 여름 같은 계절의 기운이 어디에든 깃들어 있듯이 내 마음도 그런 것이다. 그러니 내 마음을 잘 관리하는 것은 나 이외의 것들을 소중히 여기는 데서부터 시작된다.

내 마음의 크기는 지대무외至大無外로서 바깥이 없으리만치 크고, 지소무내至小無內로서 속이 없을 정도로 섬세한 것이다. 그래서 마음이 지대무외일 경우에는 모든 것을 극복하고 초월할 수 있는 우주성宇宙性을 띠지만 지소무내의 마음으로 작아질 경우에는 타인은커녕 스스로에게도 갇혀버리게 된다. 그러므로 지대무외의 마음을 찾아서 모든 것을 포용할 수 있어야 한다. '모두와 모든 것'을 사랑하는 것은 곧 내 마음을 사랑하는 것이기 때문에 사랑으로 살아야 하는 것은 모든 인간의 당연한 의무이다.

사랑은 모든 것을 초월하고 포용할 수도 있을 만큼 극대화極大化될 수도 있지만 셈하지 못할 것이 없을 정도로 극소화極小化될 수도 있다. 그래서 우주를 연구하면 마음은 우주처럼 커지지만 미립자를 연구하면 마음은 미립자를

넘나들게 되는 것이다. 따라서 어느 것 하나 소홀히 해서
는 안 되는 것이다.
　이렇게도 소중한 마음을 함부로 해서야 되겠는가?

산이면 다 산이고 꽃이면 다 꽃이다

선善은 주관적인 신념이 아니다.
누군가를 위하고자 하는 순수한 감성,
그 자체가 선이어야 한다.

산이 아닌 산은 없다. 큰 산만 산이 아니다. 산이면 다 산이다. 앞산도 산이요, 뒷동산도 산이다. 큰 산은 작은 산들이 있어서 큰 산이 된다. 백두대간이라는 큰 산맥을 이루면서 백두산이라는 큰 산이 있다. 허허벌판에 수천 미터 높이의 봉우리가 하나만 있다면 그것은 산이라기보다 차라리 높은 언덕이다. 천차만별의 높낮이를 가진 봉우리들의 조화가 산의 아름다움이다.

물이면 다 물이다. 큰 물도 물이요 작은 물도 물이다. 바다는 물방울의 집합이다. 물의 크기를 가지고 물을 규정하는 주관적인 평가는 천박한 의식이다. 꽃이면 다 꽃이지, 꽃이 아닌 꽃이 없다. 꽃 중에는 화려한 꽃도 있고, 향기가 짙은 꽃도 있다. 꽃 그 자체를 위한 꽃 즉 국화 같은 화초花草도 있고, 열매를 위한 꽃들도 있는바 유실수의 꽃들이 여기에 속한다. 그러나 모두가 꽃이다.

화초로서의 꽃은 아름다운 색과 향기로 우리의 시각과 후각을 자극시켜 주지만 유실수의 꽃은 감미로운 꿀과 그 열매로 미각을 자극한다. 사람들은 화려함도 없고 열매도

없는 들꽃이라고 무관심해하지만 벌과 나비들은 그 꽃밭
에서 군무群舞가 한가롭다. 인간의 주관적인 논리로 자연
을 대한다는 것은 자연에 대한 대단한 실례라고 할 수 있
다.

진리라는 것은 순수한 이성과 감성, 그 자체여야 한다.
꽃을 보면서 주관적인 평가를 하는 이는 장사꾼이거나 꽃
꽂이 선생일 것이다 그것은 꽃에 대한 진리가 아니다. 꽃
을 보는 순간 아! 하고 반가와 하는 순수한 이성과 감성이
꽃에 대한 진리다. 순수라는 것은 지극히 객관적인 감정이
다.

선善은 주관적인 신념이 아니다. 누군가를 위하고자 하
는 순수한 감성, 그 자체가 선이어야 한다. 예컨대 나이팅
게일의 정신 같은 것이다. 비록 적군이지만 부상으로 신음
하는 자는 무조건 치료해줘야 한다는 생명존중의 사상이
곧 선이라고 할 수 있다. 신음소리를 듣고도 적군이기 때
문에 방치하는 것은 선이 아니다.

사람들은 종교를 믿는 것도 순수한 신앙을 하는 것이 아
니라 신념적인 종교 내지 신앙을 하는 것을 선이라고 착각
하는 경향이 많다.

신념적인 신앙은 신앙이 아니라 순수이성에 대한 정신
적인 장애일 가능성이 크다. 내가 선이라고 생각한다고 그
게 반드시 선일 수가 있겠는가? 히틀러나 일왕日王이 전쟁
을 일으킨 것도 알고 보면 자기 신념적인 선이 그 동기였
지만 이것은 집단적인 정신장애자를 양산하는 전쟁이었을

뿐이다.

종교가 갖는 순수한 진리로 돌아가면 진리 아닌 것이 없지만 자기 신념적 신앙이 되면 그때부터 종교는 사회악이 될 가능성이 높아진다. 종교가 순수 그 자체를 잃어버리면 대중우민화大衆愚民化의 선구자(?)로서 사회적 흉기凶器가 될 수 있는 함정이 있다.

종교의 진리를 대하는 감정이 꽃을 보듯 순수해야 하고, 어린아이를 보듯 순수해야 한다. 그것을 신앙이라고 하는 것이다. 진리에 대한 어떤 주관적인 견해도 배격해야 진리를 볼 수 있다.

뜰에 핀 장미를 보는 사람이 불교인이든 기독교인이든 비종교인이든 간에 하나같이 아름다움에 취할 수 있는 것은 순수이성으로 돌아갔기 때문이듯이, 그러한 순수이성으로 돌아가면 기독교도 불교도 존재하지 않고 오직 진리만이 존재한다는 것을 느낄 수 있을 것이다. 그러한 의미에서 칸트kant가 말한 순수이성을 되찾아야 할 사람들이 순수의 가면을 쓰고 광대놀음을 하는 종교인이 아니겠는가?

신神이 있다면 그 신이야말로 순수이성 그 자체로 꽉 차 있는 실체여야 할 것이다. 그러한 신일 때만

이 인간의 내면에 존재하는 순수이성 그 자체를 보고 사랑할 수 있을 테니까. 그렇지 않고 자기 주관을 가진 신이라면 아마도 인간은 그 비위를 맞추기에 급급한 비굴한 인간으로서 자신의 순수이성을 포기하는 것만이 구원받는 비극이 초래될 것이기 때문이다.

　산을 그냥 산으로 보고, 물을 그냥 물로 보자. 그리고 꽃을 그냥 꽃으로 보자. 나아가 진리를 그냥 진리로 보고, 선을 그냥 선으로 보자. 예수를 위하는 것도 선이지만, 낮은 자에게 다가가는 그 자체도 못지않은 선이다. 선이면 다 선이지 누구만을 위한 것이 선이라는 신념적인 종교는 큰 산만을 산이라 우기는 아집과 다르지 않고, 화려한 꽃만을 꽃이라 여기는 것과 다르지 않다. 이것은 반순수이성이며, 이성적인 타락이다.

무無와 유有

우리는 흔히 무無라고 하면 없음을 의미하고, 유有라는 것은 있음을 의미하는 것으로 생각하기 쉬우나, 그것은 옳지 못한 생각이다. 무란 없음이 아니라 '경험되지 않은 실존'이며 '무한대無限大와 무한소無限小에 대한 극적인 표현'이다. 나아가 시간이라는 형식 속에 묶어 둘 수 없는 초월적인 현실이다. 이것은 예컨대 인간의 마음이며, 천지를 창조한 신神이다. 그러므로 신은 없음이 아니라 인간 세계의 언어나 문자 또는 도구로 측정될 수 없는 있음, 즉 유有의 세계인 동시에 가장 구체적인 실존인 것이다.

우리가 흔히 무색無色 무미無味 무취無臭라고 말하지만 그것은 인간이 느끼는 감각의 한계를 가지고 판단하는 단견이다.

물을 바가지에 떠서 보면 투명한 무색이지만 출렁이는 바다를 보면 검푸른 색을 띠고, 우주공간을 가까이 보면 무색이지만 대기권으로 시선을 돌리면 파아란 색상을 띠는 것은 무슨 조화인가? 자연계가 이뤄놓은 맛과 색과 향기의 조화는 도대체 어디서 온 것인가? 무형의 에너지가 빚어놓은 창조의 조화인 것이다.

사람들이 짧은 단견으로 무無와 유有라고 생각하는 것은 과연 있는 것인가? 그것은 '한시적인 실존'을 가지고 범하는 오해이다. 사람의 몸이 언제까지 있음인가? 죽어 수십 년만 지나도 그것은 없음이다.

화장터의 화덕에 들어갈 때는 있음이지만 나오면 이내 없음이다. 광물이나 식물, 또는 동물의 있음도 한시적인 실존일 뿐이다. 그것들이 생성되는 것도 알고보면 무형의 에너지가 구체화된 실존일 뿐이다.

물과 얼음과 수증기가 각기 다른 것이라고만 고집할 수 있는가? 모두가 하나에서 출발할 뿐, 어느 것이 먼저라 할 수 없을 것이다. 굳이 말하라면 보다 공간세계에서 자유로운 기체, 액체, 고체의 순으로 말할 수도 있다. 얼음과 물은 있음이지만 수증기는 없음과 같은 것이다. 그렇다고 없다고 말할 수 있는가?

알고 보면 이 세상에 없음(無) 자체가 없는 것이다. 있음(有) 때문에 없다.

그러므로 무란 궁극적인 존재를 시공간성의 언어나 문자로 표현할 수 없을 때 쓰는 존재에 대한 최종적인 표현 방식이다. 원圓을 보라, 처음과 끝을 찾을 수 있는가? 그것은 누구도 찾을 수 없다.

그러나 한편으로 생각하면 모두가 처음이요, 끝이기 때문에 처음과 끝을 딱 잘라서 규정지을 수 없는 것이지, 없는 것은 아니지 않는가?

직선에서 처음과 끝을 따로 규정하지만 선 자체가 점의 연속이라면 모든 지점이 처음이요, 끝의 연속인 것이다. 그러므로 원을 형성하고 있는 무수한 점들이 곧 처음이요, 끝이라는 말이 된다.

이처럼 없음(無)라는 말은 무수한 있음(有)에 대한 표현 방법이다.

소유해서 기쁜 모든 것은
소유하는 순간부터
그 기쁨이 급락하기 시작한다.

한 스님이 선방禪房에 앉아 해진 장삼을 깁고 있었다.

능숙한 바느질에서 수행의 연륜을 느끼게 했다. 기울 때는 한 조각의 헝겊이었는데 일어서서 걸치고 나서니 온통 누더기 장삼이었다. 금방 본 바느질보다 누더기 장삼을 보면서 수행의 세월을 확실하게 느끼며 그 모습에 넋을 잃었다.

누더기가 저렇게 아름다울 수 있을까? 속가俗家의 범부가 누더기를 입고 저자거리에 나가면 한없이 빈한해 보여서 동정이 갈 텐데, 스님의 장삼은 왜 그리 마음을 숙연하게 할까?

그것은 장삼 속에 묻혀 있는 스님의 정신세계 때문일 것이다. 성불成佛을 위하여 자신의 육체적인 모든 번뇌와 싸우며 이룬 도道가 보는 이로 하여금 숙연하게 했을 것이다.

가난할수록 부유한 분이요, 혼자 있어도 고독해 보이지 않고 순수한 자연의 일부가 되어 버린 듯한 그 모습이 사람들의 마음을 경건하게 한다.

사람들은 머리끝부터 발끝까지 명품으로 치장을 하고 다니지만 스스로도 자신의 모습에 이내 싫증을 느껴서 또 다른 명품을 사냥해야 하는 것이 처량하지 않는가? 명품 속의 몸과 몸속의 마음이 값싼 욕망으로 가득 차 있으니 그 욕망의 끝은 허무다.

소유해서 기쁜 모든 것은 소유하는 순간부터 그 기쁨이 급락하기 시작한다. 소유할 수 있는 것은 남의 손에 있을 때 부럽지, 내 것이 되면 시시한 것이다. 그러나 내 것을 타인에게 베풀면 그 순간부터 기쁨은 극대화되어서 일생을 두고 보존된다. 그래서 소유욕이란 허무한 것이고, 베풂은 거룩한 것이다. 나아가 소유란 순간이고, 베풂은 영원이다.

그래서 채울수록 텅 빈 것이 속俗이라면 비울수록 꽉차는 것이 도道의 세계이기 때문에 사람들은 몸으로는 채우려고 하면서도 마음으로는 텅 빈 자를 흠모하게 된다.

자연은 그냥 두어도 차면 비울 줄 알고, 비면 채울 줄 안다. 스스로 밸런스를 맞춰서 존재하게 되어 있다는 말이다. 달이 기울면 차고 차면 기울 듯이……. 밀물인가 싶으면 썰물이 되고, 썰물인가 싶으면 밀물이 되는 것처럼…….

그런데 사람은 도대체 비울 줄을 모른다. 채워서 넘치는데도 스스로 비우지 않으니 알 수 없는 힘에 의하여 빼앗기게 되는 것이다. 내 것이 아닌 것을 내 것으로 움켜잡고 놓지 않으려니 그것이 나와 절연絶緣을 하면서 화禍를 불러 놓고 나가는 것이다.

　　매사에 큰 미련을 갖지 말 일이다. 물은 흐름에 미련이 없고, 바람은 불면서 방향에 연연하지 않는다. 피는 잎이 굳이 계절을 재촉하지 않고, 지는 잎이 나무에 연연하지 않는다. 바람이 구름을 밀어내도 구름은 억지를 쓰지 않고, 산봉우리가 구름을 잡아도 뿌리치지 않는다. 그냥 흐름에 순응하는 자연이라서 어떠한 경지에 이름을 일컬어 ‘자연自然스럽다’고 했던가? 해진 장삼을 법신法身에 걸친 모습을 보고 많은 불자들이 새 장삼을 권하지 않았겠는가? 그러나 새 옷에 대한 소중함보다 허허로운 마음에 더 충실했던 분이기 때문에 사람들은 그를 존경했으리라.

창조를 위한 고통

술이나 담배나 마약같은 것이 몸에 들어가면 몸이 반응하는 것처럼 진리를 접하면 본성이 반응하게 되어 있다. 그런데 진리를 접했는데도 반응하지 못하는 사람은 본성이 너무 망가졌거나 의리義理가 없는 사람이다.

몸에 유익한 약이나 음식을 먹었는데도 반응이 나타나지 않는 사람은 몸이 망가진 정도가 지나친 사람일 가능성이 많다. 죽지 않고서야 나무에 거름을 줬는데도 전혀 반응이 없을 수 있겠는가?

무엇이든지 자극을 하면 반응을 하게 되어 있는 것이 자연의 이치라면 사람의 마음도 마찬가지여야 한다. 호흡을 하다가 멈추면 당장 답답함을 느끼고, 한 끼만 굶어도 배고픔은 느끼면서 영혼의 양식인 진리를 먹지 않는데도 답답함을 느끼지 못한다면 영혼이 죽었기 때문이다. 죽은 자는 본래 반응이 없는 법이니까……

그러나 아무리 영혼이 망가졌다 하더라도 본성의 씨는 죽지 않고 살아 있어서 강한 자극을 받게 되면 반응을 하게 되어 있다. 그것이 은혜라는 것이다. 은혜는 씨눈에 새 싹이 터져나옴과 같다.

씨앗이 움을 틔우고 뿌리를 내리는 것이 어렵지만 일단 움이 트고나면 한시도 멈추지 않고 일사천리로 성장하게 된다. 그 연약한 움은 딱딱한 흙을 뚫고 나와야 하고 따가운 햇볕에 적응해야 하며, 병충해를 이겨내야 한다. 떡잎에서 본잎이 나오게 되면 그 때부터 자연에 대한 적응력이 생긴다.

마찬가지로 진리에 반응해서 본성의 움이 트고 나면 그 때부터 온갖 시험을 겪어야 한다. 예컨대 혈연과 지연과 학연과 같은 모든 인연들이 달려들어 병충해와 같이 내 본성의 싹을 뭉개버리려고 지성(?)을 다한다. 평소에는 내 삶에 대하여 관심도 없던 사람들이 내 삶을 염려하는 정성(?)을 드린다. 때로는 부부, 부자지간의 인연을 담보로 협박하기도 하고, 눈물로 호소하기도 한다. 예전에 피우던 담배나 술이 나를 유혹하기도 하고, 이성적인 유혹도 받게 된다. 손자병법에나 나올 법한 온갖 방법으로 내 본성의 싹을 밟아버리려고 애쓴다.

이러한 시험을 이기고 나면 시험에 대한 적응력이 생겨서 시험 그 자체마저도 내 영혼의 성장을 협조하는 조건이 된다. 즉, 싹이 나무로 성장하고 나면 자연의 모든 조건들은 나무를 더 강하게 하는 생명의 조건이 되듯이……

새싹일 때는 모진 풍상이 사망의 조건이 될 수 있지만 성장하면 생명의 조건으로 바뀐다는 말이다. 이처럼 반응과 적응을 통하여 생명이 성장하고 성숙해가는 것이다.

생명의 길을 가는 사람은 본성에 대한 추억이 많아야 한다. 지금 자신이 겪고 있는 갖가지의 갈등도 세월이 지나고 보면 잊을 수 없는 추억이 될 소재라는 말이다. 아름다움이란 변화무쌍한 과정을 통하여 창조되는 것이기 때문에 그것을 두려워하면 안된다.

단조로운 색상으로 아름다운 그림이 창조될 수 없고, 한 가지 단음單音으로는 고운 음악이 창조되지 않으며, 하나의 악기로는 독주만 있을 뿐 오케스트라는 될 수 없다.

자연은 하모니라고 했다.

하나의 양념으로는 맛있는 음식이 창조되지 않듯이 변화가 없는 인생은 아름다운 추억이 만들어질 수 없다. 사연이 많으며 심정이 깊은 것도 그 때문이다. 그러한 의미에서 진리에 적응하고 사건에 적응하면서 자신의 영혼은 물론 뭇 생명을 새롭게 탄생시킬 때 비로소 성숙한 영혼이 되는 것이다.

원리와 목적

물리物理가 사물이 존재하는 법과 목적을 찾아
가치를 실현시키려는 것이라면,
종교는 인간이 사는 원리와 목적을 찾아
인간의 가치를 되찾아 주려는 것이었다.

눈으로 볼 수 없는 미세한 입자에서부터 우주에 이르기까지 존재하는 원리原理가 있고 존재하는 목적目的이 있다.

존재 의미라는 것은 원리와 목적이 실현될 때 비로소 그 의미가 있다. 쓰레기장에 가보면 거기에는 존재의미를 잃어버린 것들만 있다. 즉 원리와 목적을 상실한 것들이다. 길거리에 버려져 있는 가전제품들도 그런 것들이다.

태초로부터 자연은 스스로의 원리와 목적에 의하여 그 균형을 유지하고 있다. 모자라면 스스로 채우고 차면 스스로 절제 하면서 아름다운 질서가 유지된다. 그래서 자(自 : 스스로) 연(然 : 그러함)이다.   굳이 인간의 간섭을 필요로 하지 않는데 사람들은 괜스레 인간을 중심한 논리에 의하여 자연을 개발하고 정비한답시고 억겁의 세월을 통하여 형성된 존재의 틀을 깨버리는 우를 범한다. 오나가나 사람이 문제다.

그렇다면 사람이 왜 이렇게 되었을까?

그것을 종교에서는 본연지심本然之心을 잃어버리고 타락

墮落했기 때문이라고 말한다. 즉 인간이 존재하는 원리와 목적을 상실함으로서 초래된 비극이라는 것이다. 그래서 종교는 사람이 '사는 법과 사는 목적'을 가르쳐서 본연의 자세로 살게 하려는 것이다.

물리物理가 사물이 존재하는 법과 목적을 찾아 가치를 실현시키려는 것이라면, 종교는 인간이 사는 원리와 목적을 찾아 인간의 가치를 되찾아 주려는 것이었다. 그러나 불행히도 부분적인 원리를 가르쳐 주었을 뿐이다.

리적인 호소로 인간이 본성을 자극하는 감상적인 진리로는 인간의 문제가 해결될 수 없다. 인간이 존재하는 원리와 목적에 관한 분명한 이치를 제시해야 한다. 이것은 인간의 이성에 의하여 얻어질 진리가 아니다. 왜냐하면 인간의 존재원리와 존재목적은 신神의 창조원리와 창조목적에서 기인할 문제이기 때문이다.

무엇이든지 존재하는 것은 원리와 목적을 갖게 되어 있는 바 그 선후관계를 보면 존재보다 원리와 목적이 먼저라는 사실이다 그러므로 인간의 존재에 대한 원리와 목적은 신이 천지창조 이전에 세웠던 창조원리와 창조목적에 그 근거를 둬야 하는 것이다. 그러한 의미에서 21세기는 신神의 창조원리와 창조목적에 대한 진리를 제시하는 세기가 되어야 할 것이다.

지금까지는 종교의 속성이 무속성巫俗性을 벗어나지 못했다. 신학이나 교리들은 인간의 현실적인 상황에 대한 해방을 자극하는 것이 종교의 책임인 것으로 생각한 나머지

다분히 감상적인 신앙의 범주를 넘지 못한 게 사실이다. 이러한 종교적인 성향은 종파주의나 교파주의라는 극단적인 당파주의를 낳게 되고 결국 이것은 민족주의나 국수주의라는 함정에 빠져서 국가적인 분쟁의 요인이 된 것이 현재진행형의 역사이지 않은가? 결국 이러한 종교는 인간성의 회복을 통하여 항구적인 평화를 도모하려던 종교 본래적인 사명을 상실한 채 종교가 오히려 평화의 걸림돌이 되는 모순을 낳게 되는 것이다.

그러한 의미에서 종래의 종교가 역사적인 변화의 주도적인 역할을 하던 자리에서 밀려나 문화적인 퇴물이.될 수밖에 없는 운명에 처하게 되었다.

이제 21세기형의 종교는 종교라는 한 장르가 아니라 인간이라는 보편적이 존재에 대한 존재 원리와 존재 목적에 대한 이론적 정립을 통하여 본래의 인간으로 돌아갈 수 있는 가능성을 제시해야 한다. 이것은 굳이 종교라는 카테고리의 언어로 규정할 수 없는 진리여야 한다. 어떠한 경우도 인간이 종교보다 위에 있어야 한다는 상위개념이기 때문에 인간에 대한 확고한 존재 원리와 목적을 제시하므로 종교마저도 그 속에 소화흡수할 수 있는 진리여야 하는 것이다.

생명 운동인 것을

내 영혼을 살찌우고 건강하게 하기 위하여서는
타인을 위하는 길 외 다른 길이 없다.
이타행利他行만이 영원한 생명을 위한 유일한 길이다.

산은 높낮이가 있지만 사람은 높낮이가 없다. 사물은 차이가 있지만 사람은 차이가 없다. 그런데 사람들은 사람에 대한 차이를 두려고 하고, 높낮이를 재려고 한다.

대통령이 해외 나들이를 하면 모든 이가 대통령을 보좌하느라 애쓰지만 하늘에 떠 있는 동안은 비행기를 모는 기장보다 높은 이가 없다. 대통령이 이발을 할 때는 이발사가 높은 이요, 식사를 할 때는 주방장이 어른이다.

알고 보면 나를 나 되게 해주는 이가 한 둘이 아니다. 내 몸에 걸치고 있는 옷들이 몇 사람이 손을 거쳤을까? 옷을 만든 기계는 몇 사람의 손을 거쳐서 제작되었을까? 그렇게 보면 내가 입고 있는 옷 하나를 위하여 수고한 사람이 직간접으로 수십 수백이 넘는다는 말이다.

내 집에 있는 물건들을 단순히 돈으로 샀다고만 하기에는 너무 야박하다고 생각하지 않는가? 비록 물건을 만든 이나 내게 그 물건을 판매하는 이는 자신의 이익을 위한 상행위라고 하더라도 나는 그들이 나를 위하여 수고해 주신 분들이라고 여기는 것이 내 마음에 덕이 된다.

사람은 더불어 사는 것이다.

자동차 한 대 속에 수많은 부속이 엉켜서 하나를 이루고 있으니 한 대라고 생각하면서 사람도 서로 다른 공간에 떨어져 있지만 하나로 엉켜 사는 하나라는 것을 알지 못하고 사는 경향이 많다.

우리가 잠든 순간 거리를 청소하는 분들은 우리에게 상쾌한 아침을 선사하기 위하여 잠을 자지 않고 거리를 쓸고, 식당 주인은 점심을 대접하기 위하여 잠을 설치면서 새벽시장을 내달린다.

장사하는 이들은 손님이 돈벌이의 대상이 아니라 내 가족을 먹여 살려주는 고마운 분이라는 생각으로 고객을 대하여야 한다. 돌아보면 온통 나를 도와주는 고마운 분들뿐이다.

사실 선행善行이란 애초부터 존재하지 않는 것이다. 자신의 건강을 위하여 양질의 음식을 먹거나 운동하는 것을 두고 선행이라고 말하는가? 숨쉬는 것을 두고 선행이라고 하지 않는 것은 그것이 생명의 작용이기 때문이다. 마찬가지로 타인을 위한 것은 영혼의 생명을 위한 생명운동이지 특별한 것이 아니다.

내 영혼을 살찌우고 건강하게 하기 위하여서는 타인을 위하는 길 외 다른 길이 없다. 이타행利他行만이 영원한 생명을 위한 유일한 길이다. 그런데 티끌만한 이타행을 두고 태산같이 자랑하고, 순간의 이타행으로 일생을 생색내는 것은 생명의 법을 모르는 소치이다.

숨쉰 것을 자랑하고, 밥 먹은 것을 자랑하는 이가 있다면 바보라고 느끼지 않겠는가? 그렇다면 내 영혼의 생명운동을 가지고 사람들에게 자랑하고픈 마음이 있다면 그것이야말로 바보스러운 생각이라는 것을 자각하는 날, 비로소 도道에 입문한 것이리라.

그러고 보면 모두가 귀하고, 높은 이밖에 없는 것이 인간 세상이다. 인간세계에서 고저高低와 귀천貴賤을 논하는 의식이야말로 가장 부질없는 짓이다. 그런데도 세상은 인간의 높낮이가 백두대간의 높낮이보다도 더 복잡하고 나를 나되게 해 주는 이들을 두고 귀천으로 논하려는 것을 보면 눈이 타락했나 보다.

구원이라는 것도 인간에 대한 편견이 사라진 의식으로의 전환을 의미한다. 모든 이가 나를 나되게 해주는 고마운 분이라는 생각으로의 전환이 곧 구원된 영혼이 아니겠는가?

제3부

잃어버린
신을찾아가는 인간

너 자신을 아는 것을 너의 일로 삼으라.
그것이 세상에서 가장 어려운 교훈이다.
—세르반테스

Make is thy business to know thyself,

which is the most difficult lesson in the world.

—Cervantes

닦아야 할 도道

흔히 도道를 닦는다고 말한다. 그렇다면 무엇을 닦아야 한다는 말인가? 때묻은 마루를 닦듯이 마음의 때를 닦아야지, 본래의 것은 때가 없었으므로 닦을 필요도 없었다. 그러나 사용하다 보니 때가 묻어서 닦아야 할 필요성이 생긴 것이다.

하늘에 때가 끼더냐? 먹구름이 끼었다고 하늘에 때가 묻은 것은 아니다. 뭉게구름이 떠 있다고 하늘에 먼지가 묻은 것도 아니다. 그냥 구름 그것도 하늘의 일부일 뿐이다. 구름이 걷히면 한점 흠이 없는 하늘일 뿐이다.

인간의 본성이란 본래 하늘 같은 것, 한 점의 때가 없는 것이다.

제 자식을 사랑하고 제 부모를 따르는 마음에 한 점의 망설임이 있는가? 그냥 자연스러울 뿐이다. 그런데 너와 내가 살면서 마음에 때가 생긴 것이다.

그림자라는 것은 언제나 본물체에 붙어 있다. 그리고 아래, 즉 땅에 생긴다. 그림자가 머리 위 공간에 생기는 법은 없다. 태양은 언제나 위에 있으니까. 그래서 그림자는 위로 생기지 않고 오직 아래에만 생기는 것이다.

마음의 때는 언제 생기는가?

마음을 발아래에 두고 살면 때가 생긴다. 발아래 있는 것은 무엇인가를 소유해야 하고 지배해야 하는 것들이다. 소유는 소유하는 순간 내 마음이 그것에 소유당하고, 지배는 지배하는 순간 그 자리에 내 마음이 지배당한다. 그래서 마음을 발아래 둬서는 항상 마음의 그림자를 지울 수가 없는 것이다.

그렇다면 마음을 위로 둬야 하는데 그것이 바로 섬기는 삶이다. 섬기면 마음의 그림자가 생기지 않는다. 모시는 마음으로 살면 마음의 그림자가 생기지 않는 것이다.

섬기는 삶이란 굳이 윗사람만을 의미하는 것이 아니라 모든 것을 섬기는 마음을 이른다. 나보다 훌륭한 사람이나 윗사람을 섬기는 것이야 당연하지만 나보다 아랫사람을 섬기는 것이 참된 섬김이다. 나아가 존재하는 모든 사물까지도 섬기는 마음이다.

목이 마를 때 물을 그리워 해본 적이 있는가? 그 순간 물에 대한 그리움을 대체할 만한 것은 아무것도 없다. 그러므로 물을 섬겨야지……

배가 고파 배를 움켜잡아 본 적이 있는가? 그 순간 밥을 대체할 만한 상상력이 없다면 밥 한 덩이가 한 덩이의 물질이 아니라 나의 생명 그 자체인 것이다. 그러므로 밥을 섬기는 마음을 가져야지……

인간이 창조한 아름다운 수단이 돈이라면 그 돈을 섬겨

야 한다. 그러나 돈에 대한 지나친 탐욕은 죄악이다. 그런데도 사람들은 죄악된 돈에 익숙한 삶을 아름다운 삶이라 착각하고 산다.

사람들은 나를 섬기는 이에게 섬김을 받는 것을 즐겨 하지만 즐겨 받는 섬김으로는 자신이 가야 할 마음의 도道를 잃어버리기 십상이다. 마음의 때는 섬김 받는 자리에서 생기고, 섬기는 자리에서 마음의 때가 벗겨진다.

내 몸이 걸어갈 길은 타인이 닦아주지만 내 마음이 가야 할 길은 내 스스로 닦아가지 않으면 닦아줄 이가 없다. 그런데도 마음의 길을 잃어버리는 짓을 하고 있으니 갈 길을 포기한 게지…….

현자들의 가르침은 마음의 길을 찾아가라는 말씀으로서 그 모든 흐름이 섬김이다. 자식이 부모를 섬기면 마음이 맑아지고, 부부가 서로를 섬기면 마음의 그림자가 사라진다. 부모는 자식을 평생을 두고 섬기는 삶이지 않는가? 그래서 자식을 향한 부모의 마음에는 그림자가 존재하지 않는 것이다.

몸의 때는 나와 상관 없이도 붙고, 타인이 벗겨주기도 하지만, 마음의 때는 스스로에 의하여 붙이기도 하고 벗겨지기도 하는 것이다. 그러고 보면 마음은 스스로 닦는 길 외에 다른 길이 없다. 결국 도道라는 것은 종교적인 형식에 있는 것이 아니라 내가 살아가는 삶의 현장에 있는 것이다. '지금 여기' 가 도의 현장인 것이다.

마음을 비우라는데

마음을 비워야지……. 마음을 비워야지……. 마음이 비워지나? 마음을 채운 적은 있나? 마음을 언제, 어디에서 채웠는지를 알면 비우는 법도 알 수 있겠지. 그러나 마음을 채운 적도 없는데 어떻게 비워? 쓰레기통은 엎어버리면 비워지지만 마음은 비울 재간이 없다. 도대체 자신도 모르는 말을 너무 많이 한다.

골프를 치는 사람은 누구나 더 잘 치고 싶다는 생각을 버리지 못한 나머지 터무니 없는 공을 친다. 그러고는 하는 말,

'마음을 비워야지……'

속 썩이는 자식을 둔 부모가 군담처럼 흘리는 말,

'마음을 비워야지…….

그런다고 비워질 마음인가?

내가 무엇인가를 하거나 얻는 순간, 그것이 곧 내 마음화 된다. 예컨대 골프를 하지 않으면 골프는 곧 내 마음이 아 니다. 골프를 시작하는 순간 골프는 곧 내 마음이 되어서 내 마음을 꽉 채운다.

자식이 없을 때는 내 마음 속에 자식이 채워지지 않는다. 그런데 자식을 낳는 순간 그 자식이 내 마음이 되어 내 마 음을 꽉 채우는 것이다. 그래서 이미 채워진 마음은 비울 수가 없다.

골프에 재미를 붙여서 하면 할수록 마음은 더 채워진다. 재미 붙여 하던 것을 안 한다고 내 마음에서 비워지나? 자 식이 있다가 눈앞에 없다고 마음속에서 비워지나? 이미 채워진 마음은 비워지지 않는다.

비단 골프나 자식만이 아니라 무엇이든지 내가 소유하 거나 즐기는 것은 이미 내 마음화되었으니 그것을 억지로 비울 수가 없는 것이다. 그렇다면 그것으로부터 어떻게 초 연해질 수 있을까? 그것이 곧 공公이다. 내가 가진 것이 내 것이라는 사욕私慾으로부터의 집착이 나로 하여금 부자유 스럽게 하는 것이므로 내 것이 아니라 공적公的인 것이라 는 소유관의 전환으로부터 초연해질 수 있는 것이다.

인간이 갖는 가장 원초적인 집착이 생명이다. 그런데 예 수를 비롯한 위인들이 죽음 앞에 초연할 수 있었던 것은 무엇 때문인가? 내 생명도 내 것이 아닌 그 무엇인가를 위 한 생명이라는 생명에 대한 공유의식이 그것을 가능케 했 던 것이다. 범인凡人들이 생명에 대한 집착이 처절할 수밖에 없는 것은 생명에 대한 사유의식私有意識 때문이다. 그래서 초월하려면 공公으로 돌아가야 하는 것이다. 공公이 되면 공空이 되는 것이다.

내 것이라는 것은 본래부터 존재하지 않는 것이다. 올 때도 그랬지만 갈 때도 그렇다. 오고 가는 길목에서 잠깐 빌려쓰다가 또 다시 돌려주고 가는 것이 인생인데 그것을 내 것이라고 생각하는 데서 집착이 생기는 것이다.

네가 가진 것이 네 것이더냐? 지금 네 자리가 네 것이더냐? 지금 낙동강에 담겨 있는 저 물이 낙동강의 물이더냐? 한 순간도 그 자리에 머물지 않고 흘러가는 것을 이름만 낙동강이라고 붙였을 뿐 다른 데서 흘러온 것이다.

내 자식, 내 돈, 내 몸, 내 집…내, 내, 내, 내……하는 것들은 모두 내 것이 아니다. 모두 두고 갈 것들일 뿐 하나도 가져가지 못한다.

내가 가져갈 수 있는 것은 오직 내 감정뿐이다. 공의公義로운 감정만이 내 것의 전부라는 말이다. 그런데 내 것이라는 사유私有의식으로 내 감정을 오염시켜 놨으니 오직 하나밖에 없는 내 것을 망치지 않았는가?

내가 사는 주소는 말할 수는 있으나 내가 온 주소는 말할 수는 없다. 나의 주소가 엄마의 자궁인가? 그것만으로는 대답이 되지 않는 게 나의 기원이며, 내가 가야 할 주소지는 공원묘지인가? 그것도 제대로 된 해답은 아닐 성싶다. 이처럼 나라는 존재를 두고도 내 스스로 석연한 해답을 갖지 못한 것이 인생인데 무엇을 가졌다고 내 것이라는 집착을 하겠는가?

화단이 꽃을 피웠어도 그 꽃이 제 것이라고 주장하지 않고, 나무가 열매를 맺었어도 제 것이 아니듯이, 내가 자식을 낳았어도 내 자식이 아니요, 내가 돈을 벌었어도 내 것이 아니라는 공의公義의 철학이 내 마음을 비울 수 있는 것이다.

골프를 비롯한 스포츠를 하는 분들 역시 그것을 즐기기 위한 것이지 이기기 위한 것이 아니다. 오늘 이 순간에 운동을 할 수 있어서 즐겁고, 당신과 함께 운동을 할 수 있어서 즐거울 뿐이지 않은가! 이기기 위한 스포츠를 하려면 프로로 전향을 해야지……. 집착은 이기려는 데서 비롯되지만 즐기면 비워지는 것이다.

바꿀 수 없는 것

인간은 신神으로부터 육체는 창조함을 받았지만
정신은 스스로 창조해야 하는 과제를 받았는데
그것이 바로 사랑의 창조다.

태어날 때 내가 달고 나온 것들도 바꿀 수 있다.

예컨대 장기이식도 그 한 가지다. 눈도 바꿀 수 있고 심장, 신장, 간, 심지어 성전환까지도 가능한 시대다. 의학이 발달하면 바꾸지 못할 장기가 없을 것이다.

그리고 내 몸 밖의 것 중에 바꿀 수 없는 것이 있는가? 이 사람이 아니면 저 사람, 이것이 아니면 저것 모두 대체할 수 있다. 그런데 절대로 바꿀 필요를 느끼지 않는 것이 있다. 즉 부자지간父子之間은 서로가 부족해도 바꿀 필요를 느끼지 않고 최선을 다한다. 자식이 부족해도 부모는 최선을 다하고, 부모가 부족해도 자식은 최선을 다한다.

왜 그럴까? 부자지간은 일체지간一體之間이기 때문이다. 부자지간은 육체적으로나 정신적으로 나 자신이기 때문에 바꿀 수 없는 것이다. 그러나 내 장기는 육체적으로는 나 자신이지만 정신적으로는 나 자신이 아니기 때문에 건강을 회복할 수만 있다면 미련 없이 떼어버리고 교체할 수도 있는 것이다.

그런데 부부는 어떠한가?

부부라는 틀을 바꿀 필요를 느끼는 사람이 아마도 많을 것이다. 자식은 미운 짓을 해도 예쁘고, 못나도 예쁘다. 부모를 속여도 이내 다시 믿고, 언제나 믿음으로 대한다. 부자지간의 사랑은 철저히 비이성적非理性的이다. 예쁜 것을 예쁘다고 하는 것은 이성적이지만 예쁘지 않은 것을 예쁘다고 말하는 것은 비이성적인 말 아닌가? 그런데 부자지간은 예쁘지 않아도 최고로 예쁘다고 느끼는 것을 보면 분명 신비로운 관계가 아닐 수 없다.

그런데 부부는 미운 짓을 하면 평생을 두고 밉고, 한번 속으면 평생을 의심으로 산다. 그리고 못나면 못나 보이는 것은 왜 그럴까? 다시 태어나도 지금의 배우자를 만나고 싶다는 부부가 극히 적은 것을 보면 어쩔 수 없어서 사는 부부가 많다는 이야기다.

그런데도 왜 바꾸면 안 될까? 가제도구는 그렇게도 쉽게 바꾸는데……. 여기에 창조의 비밀이 있는 것이다.

인간은 신神으로부터 육체는 창조함을 받았지만 정신은 스스로 창조해야 하는 과제를 받았는데 그것이 바로 사랑의 창조다. 즉 사랑을 창조하는 창조주(?)가 되어야 하는 것이 인간에게 주어진 숙명적인 과제다. 신神의 사랑을 실체적으로 창조해야 하는 게 인간이고 그 사랑을 실체적으로 완성해야 하는 게 인간인 바, 그 사랑의 핵이 부부의 사랑이다. 그래서 서로 다른 개성을 가진 실체가 만나서 사랑을 창조하는 삶을 살아야 하는 것이다.

다르기 때문에 창조해야 하는 것이다. 김치를 창조하려
면 각기 다른 양념들이 조화를 이루어야 되고, 그림을 창
작하는 것도 각기 다른 색이 조화를 이루어야 되는 것처럼
부부의 사랑도 그런 것이다.

같은 것끼리는 창조할 필요가 없다. 그래서 부자지간의
사랑은 창조하지 않아도 언제나 최고를 느끼고 사는 것이
다. 평생을 살면서도 자식을 바꿔 보고픈 충동을 느끼는
사람이 없고, 부모를 바꿔 보고픈 충동을 느끼는 사람이
없는 것은 그 자체가 하나이기 때문이다. 빨간 색을 빨간
색으로 바꿀 필요가 없고 노란색을 노란색으로 바꿀 필요
가 없듯이……

부부의 사랑은 일생을 탐험가의 정신으로 살아야 한다.
탐험이란 언제나 처음이다. 어느 누구도 가보지 못한 신대
륙이기 때문에 물어볼 곳도 없고 아는 이도 없다.

부부의 사랑이란 한 남자와 한 여자와의 사랑이라는 것
을 모르는 이가 없다. 그러나 두 사람이 하나되기 위해서
는 복잡한 감정세계를
극복하지 않으면 안
되는 자기만의 투쟁
이고, 자기만의 경험
이다. 그래서 부부사
랑은 영원한 탐험과
같은 것이다.

그리고 부부의 사랑은

최고의 수행修行이다. 안 먹고, 안 입고, 안 자는 수행은 홀로 할 수 있지만 부부의 수행은 홀로 할 수 없다. 때로는 전혀 맞지 않는 감정을 서로 맞춰야 하는 수행의 시작이 결혼이다. 사람들은 결혼을 일컬어 '행복시작'이라고 말하지만 결코 그렇지만은 않다. 오히려 '행복 끝, 수행시작'이며 그 수행의 터널 끝에 진정한 행복이 기다리고 있는 것이다.

지금까지는 수행이라고 하면 금욕주의적인 것으로만 생각했지만 그것은 오히려 쉬운 것이다. 안 하면 되지 않는가? 어쩌면 현실을 도피하는 경향도 없지 않다.

그런데 부부는 아무리 맞지 않아도 포기할 수 없는 것이다. 즉 버릴 수도, 바꿀 수도 없는 것이다. 그래서 부부생활이 최고의 수행이라고 할 수 있으며, 그렇기 때문에 사람이 사랑의 창조자로서 신神의 사랑을 실체적으로 창조한 창조주가 되는 것이다.

생명生命 아닌 것이 없는 생명生命

신神이 인간에게 생명의 주체라면
인간도 신에게 생명의 대상이다.
그래서 서로가 존중할 수밖에 없다.

존재를 규정하는 이름들은 단순히 그 존재를 규정하기 위한 명사가 아니다. 한 존재는 다른 존재와의 관계 속에서 더욱 아름답게 돋보이는 것이다.

사람들은 성현들의 말씀을 진리라고 말하지만 그것이 나와 관계될 때는 생명이지 단순한 진리가 아니다. 내 마음이 생명이라면 생명을 생명되게 하는 것도 생명 아니겠는가? 그러한 의미에서 진리와 사랑도 생명 아니겠는가?

신앙을 하는 사람들도 자신이 신앙행위를 생명으로 여기지 않고 삶의 한 장르로 여기는 경향이 있다. 그래서 기분에 따라 신앙하는 경향이 많다. 호흡을 기분에 따라 하고 안 하고 할 수 없으며, 밥을 기분에 따라 먹고 안 먹을 수도 없다.

생명과 관계된 행위는 기분과 상관 없이 일정하게 해야 하듯이 신앙도 생명처럼 해야 한다. 즉 기도가 생명이고, 전도가 생명이고, 설교가 생명이니, 생명 아닌 것이 없다.

부처님이나 공자님도 종교를 설립하려고 온 것이 아니라 생명을 깨쳐주려고 이 땅에 현현하셨다.

공기도 단순한 기체가 아니라 생명이 되게 해주는 또다른 생명이다. 공기가 없는 순간을 생각해보라. 모든 생명운동이 정지해 버린 세계를 생각해 본 일이 없으니 공기가 생명이라는 생각을 하지 않는다.

허기야 공기뿐이겠는가? 빛도 생명이요, 물도 생명이다. 생명 아닌 것이 없다. 그래서 모든 생명은 둘이 아니라 하나라는 것이다. 공기라는 생명주머니 속에서 모든 생명은 존재하고 물이라는 생명 속에서 모든 생물이 존재한다. 그리고 죽으면 생명의 세계로 가서 또 다른 생명의 일부가 된다. 생각해 보면 자연의 모든 것이 생명이다. 그래서 이 우주는 하나의 체인 같은 것이다. 어느 하나의 고리라도 끊어지면 대재앙이 일어날 수가 있다 그래서 생명같이 존중해야 한다.

신神이 인간에게 생명의 주체라면 인간도 신에게 생명의 대상이다. 그래서 서로가 존중할 수밖에 없다. 단순히 창조주와 피조물이라는 언어로 규정해 버리기에는 마땅치 않다. 내가 만든 물건이라면 그토록 애착을 가질 필요가 있겠는가?

내가 만든 것은 언제라도 포기할 수 있다. 그러나 인간을 향한 신의 구원섭리가 도대체 포기를 모르는 것은 그것이 자신의 생명이기 때문이다.

인간을 포기하는 것은 자신의 생명을 포기하는 것이기 때문에 포기할 수 없는 것이다. 그래서 사람들 중에서도 신을 자신의 생명같이 여기는 자가 있다면 하늘로부터 복을 받게 되어 있으니, 그 대표적인 인물이 예수였다. 예수의 언행을 보면 그는 神을 창조주라는 믿음의 대상으로 여기지 않고 자신의 생명으로 모셨다. 그래서 그는 신으로부터 독생자라는 이름을 얻었던 것이다.

부잣집의 독생자, 황제의 독생자…… 독생자는 귀한 것이다. 하물며 신의 독생자가 얼마니 귀한 존재겠는가? 생명을 대체할 수 있는 것이 없는 것같이 독생자를 대체할 수 있는 것은 없다.

그러한 의미에서 예수님은 천지天地를 주고도 바꿀 수 없는 독생자로서 신의 생명의 지체가 되었으니 유사 이래 가장 출세했던 분이다.

불변의 속성을 삶의 지표로 삼아야

 존재는 변해도 존재의 근원인 법칙은 변할 수 없고, 또 변해서도 안 된다.

사람의 몸은 나이를 먹으면서 변하지만 그 몸이 존재하는 생명의 법칙은 변하지 않는다. 그 법칙이 변하면 병이 나거나 죽는 날이 될 것이다. 존재의 모든 변화의 법칙은 그러하다.

유구한 역사를 통해서 인간이 나고 죽었지만 인간이 존재하는 생명의 법칙이 변한 적은 없다.

콧구멍이 귓구멍의 역할을 했던 적이 없는 것처럼 한결같이 하나의 법칙에 의하여 생존하고 종족을 번식해 왔던 것이다.

육체적인 생명의 법도 그러하지만 영혼의 윤리적인 법칙 역시 그러하다. 인간이 살아가는 데는 두 가지의 윤리적인 법칙이 있는데 종縱의 법法과 횡橫의 법法이 바로 그것이다.

종적인 법의 근본뿌리가 부자지도父子之道라는 효孝이다. 부자지도가 무너지면 사회의 윤리적인 질서가 송두리째 무너진다. 그런데 에덴에서 무너진 도道가 부자지도였던 것이다. 부자지도의 근본이 신인지간神人之間인데 그 도가 무너지므로 윤리의 근본이 무너져버리고, 부부라는 횡적인 도 역시 무너졌으니 그것이 바로 불륜이었다.

종縱이 무너지면 횡橫은 존재의 근간 자체가 사라진다. 가지는 줄기가 부러지면 말라버리고, 기둥이 부러지면 서까래는 부러지지 않았는데도 무너지게 되듯이 횡은 그 존재의 뿌리를 종에다 두고 있기 때문에 종이 잘못되면 자동적으로 잘못된다.

에덴에서 변하면 안 되는 법을 어겼기 때문에 인간세계의 질서가 무너지게 된 것이다.

신神이 인간에게 주신 축복은 인간에게는 수행修行이며, 고행苦行이다. 인격을 완성하라는 것도 수행이며, 행복한 가정을 이루고 살라는 축복도 수행 중의 수행이다. 서로 다른 둘이 하나 된다는 것이 얼마나 큰 수행이겠는가? 축복이란 수행 끝에 얻어지는 보물이기 때문에 축복이 내 것이 되는 것이다. 봄에 열린 열매는 여름이라는 계절을 거치면서 병충해와 계절로부터의 혹독한 도전을 견뎌낼 때 비로소 과일로 태어나는 것처럼 사람도 수행의 과정을 통하여 행복이 얻어지는 것인데 수행 없이 행복만을 요구하기 때문에 축복을 내 것으로 만들지 못한다.

나무의 가지는 바람에 의해서 전후좌우로는 흔들릴 수 있지만 상하로는 절대로 움직이면 안 된다. 뿌리가 들썩거리면 생명 자체가 끝나기 때문이다.

흔들림 하나도 그렇거니와 어찌 우주의 법이 그렇지 않 겠는가?

이처럼 변하지 말아야 하는 것이 변하면 모든 질서가 붕 괴되는 것이다. 서구의 핵가족문화는 부자지간父子之間의 종적인 도가 무너졌고, 프리섹스로 인한 성도덕의 문란은 우주의 횡적인 질서를 파괴시키므로 변하지 말아야 할 법 이 변화해 버린 것이다.

인간이 살아가는 삶의 양적인 것은 변화될수록 좋다. 즉 과학의 발달로 삶의 환경은 끝없이 변화 발전하는 것이다. 그러나 삶의 양은 변화하더라도 삶의 질이 변하면 안 되는 바 그것이 바로 윤리적인 법칙이다. 그런데 그 윤리적인 법칙마저도 붕괴시켜 인류의 미래 를 어둡게 하는 요인이 되고 있다. 그러한 의미에서 우리는 무수한 변화 속에서도 불변의 속성을 삶의 지표로 삼아야 한 다.

도道가 뭔가

도라는 것은
깨침을 통하여 삶이 변화되는 것이지
초능력이 아니다.

문득 요즈음의 나를 되돌아보면서 예전 같았으면 화를 내었을 일인데도 이해를 하고 넘어가는 것을 보니 많이 부드러워진 듯싶다.

강의를 하러 먼 길을 가야 하는데 집사람이 늦잠을 잤다. 요 며칠동안 큰집 잔치를 돕느라 딴에는 무리를 했나보다. 예약된 기차시간을 맞추느라 대충 챙겨서 나서려했는데 우렁각시가 조화를 부렸나? 밥상 위에는 밥이 차려져 있었다. 시계를 보니 먹고 갈 시간이 못 되는 것 같아 그냥 가려니 '먹고 가면 안 될까?'를 반복한다. 그 모습을 보니 안쓰럽기도 하고 하루 종일 나에 대한 미안함을 가지고 있을 것 같아 —나 혼자 생각인지 모르지만— 대충 먹는 시늉을 하고 달려 나왔다. 나를 위해서라기보다 집사람을 위해서 먹는 밥도 있다는 것을 새삼 깨달았다.

역정을 내고 나오면 서로가 손해겠지. 밥을 먹지 못한 데

다가 기분도 나쁘고, 집사람은 집사람대로 기분이 언짢을 테고…….

외출을 하려는데 준비된 남방이 없다. 항상 잘 준비해 놓더니……. 예전 같았으면 소리를 내지르고 미간에는 내 천 자를 그렸을 법한데……. 어제 입었던 것을 다시 집어 들고 '한번 더 입지 뭐' 하면서 입고 나간다. 소리를 지른다고 남방이 나오나? 지르는 내 소가지만 망가지는 거지. 내가 나를 봐도 많이 부드러워졌다.

평소에 집사람이 끓여주는 된장찌개보다 더 맛있게 먹는 경우가 없다고 입이 마르도록 칭찬하곤 했는데 오늘따라 소태를 만들어 놓았다. 예전 같았으면 짜증을 내고 구박을 할 만한데 오늘은 떠먹는 된장이 아니라 찍어먹는 된장찌개인가보다 하고 먹는다.

집사람 역시 내가 마음에 들지 않는 부분이 많겠지. 예전 같으면 잔소리를 할 만한데 무던히 참고 넘어가는 것이 보인다. 아마 집사람도 내게 많이 익숙해진 것 같다. 20여 년을 살다보니 이제 많이 적응되고 익숙해졌다.

어디 우리 부부뿐이겠는가? 살다보면 주어진 환경에 적응되는 거지. 마음만 고쳐먹으면 극락이라고 하지 않았던가? 부처님의 말씀이 내게도 이루어지고 있으니 부처라도 됐나?

알고 보면 도道라는 것은 삶이지 특별한 배움이 아니다. 도인道人처럼 말을 하며 도인처럼 옷을 입고 보여주려는 것이 아니라 삶을 그렇게 느끼면 그게 도가 아니겠는가?

그래서 삶의 전제가 없는 도는 도가 아니다. 배우는 학문은 도서관에 있지만 깨치는 학문은 자연 속에 널려 있다.

노벨상을 받은 학자들은 도서관의 책을 넘어 자연과 삶 속에서 깨친 이론을 정립했던 분들이다.

도라는 것은 깨침을 통하여 삶이 변화되는 것이지 초능력이 아니다. 즉 남이 알지 못하는 것을 아는 신비적인 능력이 아니라는 말이다. 그런데 도인이랍시고 타인과 달리 보이려는 것은 참된 도를 깨친 것이 아니다.

아무리 훌륭한 것을 깨쳤다고 해도 우주 속에 내재한 존재와 진리에 비하면 황우일모黃牛一毛에 불과한 것을……. 그래서 깨칠수록 깨쳤다고 할 수 없고, 알수록 안다고 할 수 없는 것이 도의 세계가 아니겠는가. 그래서 깨친 자는 겸손할 수밖에 없는 것이다.

진정으로 잘 산다는 것

본래 '내 것'이라는 것은 없었던 것…….
가져온 것이 없으니
가져갈 것도 없다.

사람들이 착각하는 것 중의 하나가 '잘 사는 것'에 대한 것이다. 잘 산다는 것은 어떻게 사는 것인가? 넓은 저택에 명품을 즐비하게 쌓아놓고 즐기면서 사는 것을 일컬어 잘 사는 사람이라고 하지만 그것은 '잘 해놓고 사는 것'이지 '잘 사는 것'이 아니다.

삶의 주체는 사람이지 환경이 아니다. 그러므로 그 사람의 '삶' 자체를 두고 평가되어야지 갖추고 사는 '환경'을 가지고 평가되어서는 안 된다. 성현을 비롯한 역사적인 인물들의 경우를 보면 하나같이 '삶' 그 자체를 두고 평가되었지 '환경'이 아니었다는 것은 주지의 사실이다.

의미있는 삶을 사는 사람은 '환경의 주체'로 살아가기 때문에 '잘 사는 것'보다 '잘 해놓고 사는 것'에 관심이 없는 법이다.

대덕大德의 선방禪房은 허허로와야 잘 사는 것이지, 자개농과 비단금침이 들여져 있다면 잘 못사는 사람 아니겠는가? 환경은 물론이지만 마음마저도 허허로와야 만인의 귀감이 되는 것이다.

본래 '내 것'이라는 것은 없었던 것……. 가져온 것이 없으니 가져갈 것도 없다. 그냥 흐름을 따라 사는 것이 인생인데 붙잡으려니 고苦가 오게 되는 것이다. 물은 한 순간도 머물지 않고 흘러가고 흘러온다. 나뭇가지가 바람을 붙잡으려고 하지 않고, 고기가 물을 붙잡으려 하지 않고, 그저 그 속에서 노닐 뿐인 것처럼 우리네 인생도 그랬으면 좋겠다.

세상을 다스리려고 사는 것이 아니라 제 욕심을 다스리려고 사는 것이 인생이라는 것을 모른다. 자신을 다스리면 성공한 사람이 되지만 세상을 다스리면 실패한 인생이 될 가능성이 크다.

그래서 자신을 통치한 성인은 있어도 세상을 통치했던 성인은 없다. 자신을 올바르게 통치하면 세상은 그의 발 아래 엎드리게 되어 있다.

열매는 추수의 자리에서 알곡과 쭉정이가 가려지듯이 사람 역시 죽음의 자리에서 삶의 성패가 가려지게 되어 있다. 장례식장에서 '잘 해놓고 산 것'을 가지고 추도사를 하면 조객들이 뭐라고 할까? 고인은 명품을 즐기셨고, 매주 골프를 쳤으며, 수백 평의 저택에서 매일 밤 파티를 즐기면서 사셨다고 회고하면 기막힌 코미디가 아니겠는가? 작은 것을 부풀여서라도 사회에 기여한 것을 내용으로 칭송하려고 애쓰는 것은 그것이 사람의 도리道理이기 때문이다.

비록 무관, 무직, 무소유라 하더라도 누군가를 위하겠다는 철학으로 산다면 그는 잘 사는 사람이지만, 대단한 것들로 잘 해놓고 살았다고 할지라도 남을 위하여 살지 못했다면 그는 동정 받을 삶을 산 사람이라는 말이다.

동정은 누가 받아야 하는가? 모자라서 허덕이는 가난한 사람이 받아야 한다. 그러나 잘 해놓고 사는 사람일수록 상대적인 빈곤을 더 크게 느끼게 되어 있으니 그가 바로 동정 받아야 할 사람이라는 말이다.

바닷물도 물이지만 마시면 갈증이 더하듯이 재물이라는 물(?)도 가질수록 갈증은 더하는 법이다.

그래서 부자가 상대적인 빈곤을 더 느끼는 법이라는 것이 엄연한 사실이다.

예수는 동정받아야 할 자리에서 오히려 동정하고 살았던 것은 자신을 삶의 주체로 하고 산 사람만이 할 수 있는 위대한 선언이었다. 잘 해놓고 사는데 몰두한 사람은 인생을 논할 자격이 없다. 그래서 후손에게 인생에 대한 올바른 철학을 상속해 주지 못하고 잘 해놓고 사는 환경을 대물림 해주려고 애쓰는 것은 업業의 상속일 가능성이 많기 때문에 인생의 화禍를 상속해주는 것이다. 그러한 의미에서 잘 사는 것에 대한 진정한 의미를 새겨야 할 일이다.

이웃을 내 몸같이 느낄 수 있는 경지란
성인聖人의 경지가 아니면 어려운 것이다.
그런데도 예수 그리스도가 그렇게 하라고 한 것은
노력하면 누구나 할 수 있기 때문이다.

인류가 실현한 시스템 가운데 정치적인 시스템으로는 민주주의보다 우월한 시스템이 아직은 없다. 물론 미래에는 더 우월한 철학의 출현이 있으리라고 생각하지만 현재까지는 그러하다는 말이다.

민주주의는 '자유自由와 평등'이 그 요체라고 할 수 있는데 이것은 인간의 존엄한 가치를 존중하는 철학으로서 그야말로 인간 중심주의의 철학을 배경으로 한 정치시스템이라고 할 수 있다. 어떤 시대를 막론하고 인간을 존중하는 것이 인류의 보편적인 가치가 되어야 함은 기정사실이다.

어떠한 경우라도 인권을 유린하려는 시도는 인류의 공적公敵이다. 정치 역시 인권을 존중하고 그것을 지키기 위한 울타리가 되는 정치여야지 정치인이나 자기 정당의 정치적인 목적을 달성하기 위하여 인간을 수단으로 이용한다면 그것은 어떠한 경우라도 합리화될 수 없다.

인류가 공유할 수 있는 보편적 가치가 되려면 그것은 반드시 진리에 기초하지 않으면 안 된다. 진리라고 하면 명

문화된 경전 같은 것만을 생각하기 쉽지만 인간이 느끼는 본성 그 자체보다 완전한 진리는 없다. 알고 보면 인류의 보편적 가치를 실현하려던 모든 시도들도 개인이 품고 있는 본성을 사회화하려는 것이라는 말이다. 그래서 그 본성을 삶으로 가꾼 분들을 기념했던 것이 인류역사였다.

우리 사회에서 흔히 볼 수 있는 효자비孝子碑나 열녀문烈女門이나 충열사忠烈祀와 같은 것들이 그렇고, 종교적으로 말하면 성인聖人이 그렇다. 만에 하나 잘못된 내용이 인류의 보편적 가치가 된다면 어떻게 될까? 그것은 세계대전에 못지않은 이성적理性的인 피해를 가져올 것이다. 그러한 의미에서 오늘날 세계적인 단체로 자리잡은 종교에 대한 합리적인 평가가 시도되지 않으면 안 되는 것이다. 왜냐하면 종교적인 신념이 강한 사람일수록 본성이 사회화된 삶이라기보다 자신의 독선적인 신앙을 사회화하려는 이기적인 사고로 팽배해있기 때문이다. 즉 보편성을 상실한 사람으로 오염되어 있다는 말이다.

그것은 왜 그럴까? 성현의 가르침인 본성적인 삶과 본성적인 만남 그 자체를 중요시하지 않고 결과적인 사건을 보편적인 가치로 삼기 때문이다.

효자비나 열녀문을 보면서 효심孝心과 열심烈心, 그 자체를 우러러보지 않고, 효孝와 열烈을 존중해서 그 가문에 내린 상賞에만 관심이 있는 것과 같은 것이다. 그래서 '효도하면 상 준대……' 열녀 되면 상 준대……하고 생각하는 것과 같다는 말이다.

　예수님을 통하여 병이 치유되었거나 장님이 눈을 뜬 것은 그다지 중요하지 않다. 그럴 수 있었던 심리적인 자세가 중요한 것이다. 예컨대 예수님과 병자와의 절대적인 신뢰관계가 그렇고 예수님과 신神과의 일체적인 관계가 그렇다는 말이다. 죽고 사는 문제에 대한 것만 해도 그렇다. 예수님이 영생永生을 말한 것은 내 속에 죽는 목숨도 있지만 안 죽는 목숨도 있다는 생生과 사死에 대한 올바른 개념을 일깨워 주려던 것인데 죽는 목숨인 육신이 영원히 죽지 않는다는 무지가 신학이 되고, 신앙이 되어있으니, 철저히 보편성을 상실한 종교가 된 것이다.

　치병治病과 같은 사건은 병원에 널려 있고, 초자연적인 사건은 사회에 널려 있다.

　예수님은 신神과 나, 그리고 너와 나의 관계를 본성적인 관계로 회복시키려고 했던 것이며 그것이 인류의 보편적인 가치가 되어야 한다. 그런데 어디에서나 있을 수 있는 사건 그 자체를 보편적 가치로 한 신앙이 되므로 '오직 예수, 예수 구원'이라는 가장 당파적이고 폐쇄적인 종교가 되었다.

　구원이란 인류의 보편적 가치가 개인에게는 삶의 신념이 되고 생활화됨을 의미하는 것이며, 사회적으로 문화화되는 것을 의미하는 것이지 특정한 종교에 소속됨을 의미하는 것이 아니다. 그것이 공자의 사상이라도 좋고, 석가의 사상이라도 좋다. 아니 심청전의 효孝 사상이 인류의 보편적 가치가 된다 해도 살만한 세상이 되지 않겠는가?

종교가 모자라서 또 다른 종교가 필요한 것이 아니며, 배움이 모자라서 또 다른 배움이 필요한 것이 아니다. 사회적인 모순은 인류의 보편적인 가치의 오도에서 비롯된 것이기 때문에 올바른 가치관만 회복될 수 있다면 현존하는 것으로도 충분한 것이다.

예컨대 지구상의 먹거리가 부족해서 빈민가의 아사자餓死者가 생기는 것이 아니라 분배구조의 모순 때문인 것처럼 말이다.

이제 시대와 더불어 인간도 성숙했으니 인류의 보편적 가치에 대한 정립을 해야 할 때가 왔다. 그것은 모든 것을 초월하면서 포용할 수 있는 것이어야 하며 개인적으로는 인간의 본성에 대한 해답도 주어져야 하지 않겠는가?

이웃을 내몸과 같이 사랑하자

사람들이 흔히 '종교宗敎는 싫어도 성인聖人은 좋다'는 말을 한다. 그것은 성인들이 인류가 공히 듣고 실천해야 할 보편적 가치를 설파했지만 종교는 철옹성 같은 울타리를 치고 종파적 배타성과 함께 소금의 역할을 다하지 못하기 때문일 것이다.

성경에 이르기를 '네 이웃을 네 몸과 같이 사랑하라(마 22:39)'고 했는데, 이 말씀은 참으로 보배로운 가르침이다. 내 몸을 사랑하는 것보다 진실한 사랑이 있는가? 춥다, 덥다, 배고프다. 아프다 등을 느끼는 감정이 얼마나 진실하며 구체적인가?

나 아닌 타인이 느끼는 것은 그것이 아무리 중重해도 설명을 해야 알고, 알아도 지극히 관념적이지만 제 몸에 대해서는 아무리 사소한 느낌도 구체적이고 진솔한 것이다.

그렇기 때문에 이웃을 내 몸같이 느낄 수 있는 경지란 성인聖人의 경지가 아니면 어려운 것이다. 그런데도 예수 그리스도가 그렇게 하라고 한 것은 노력하면 누구나 할 수 있기 때문이다.

간혹 우리는 주위에서 이웃을 내 몸같이 사랑한 사람, 나라를 내 몸같이 사랑한 사람, 부모를 내 몸같이 사랑한 사람의 이름을 듣게 된다. 그 때마다 그 분들에게 고마움을 느끼는 것은 결코 나만의 느낌이 아닐 것이다.

천당과 극락이 있다면 '내 몸 같은 이웃'을 많이 둔 사람들이 모여 사는 곳일 것이다. 반면에 지옥이 있다면 나만을 고집하고 독선과 아집과 욕심으로 살아가는 사람들이 모여 사는 곳일 것이다.

왜냐하면 전자는 모든 사람이 좋아하고, 후자는 모든 사람이 싫어하는 곳이기 때문이다. 민심民心이 천심天心은 아닐는지…….

주위를 돌아보면 내 몸 같은 부모를 폭행하는가 하면, 내 몸 같은 자식을 내다 버리기도 하고, 내 몸 같은 형제나 부부 사이가 원수같이 되어 버리는 경우가 비일비재한데 참으로 안타까운 일이 아닐 수 없다.

그리고 '이웃을 네 몸같이 사랑하라' 하신 진정한 의미
는 이웃이 곧 네 몸이라는 뜻이기도 하다. 이웃을 사랑하
면 내 마음이 풍요로워짐을 느끼게 되고, 이웃을 미워하면
당장 내 마음이 강퍅해짐을 느낄 수 있다는 말이다. 그러
고 보면 이웃사랑이란 곧 자기를 사랑하는 유일한 길이 되
는 것이다.

그러한 의미에서 자식을 내다 버리는 것은 곧 제 몸을
내다 버리는 것이고, 부모를 폭행하는 것은 제 몸을 폭행
하는 것이 된다. 나아가 이웃을 괴롭히거나 손해를 끼치면
그것이 곧 제 몸을 영원히 괴롭히는 것이 되는 것이다. 예
수 그리스도는 이웃을 내 몸으로 여긴 참으로 위대한 분이
셨다. 이웃을 내몸처럼 사랑하자.

마음을 먹이는 일

우리가 흔히 쓰는 말 가운데 '마음만 먹으면 못할 게 없다. 마음만 먹으면 되는데…….'라는 말이 있다.

지도자가 자기를 따르는 자에게 '마음만 먹으면 되는데 왜 안하느냐?'고 추궁하거나 마음으로라도 원망을 하는 경우가 많은데 알고 보면 이처럼 무책임한 말이 없다.

숟가락을 들 수 없는 아기는 밥을 먹여줘야 먹듯이 어른들도 마음을 먹여줘야 마음을 먹는다. 스스로 밥을 먹을 수 있으면 다 자란 것이듯이 어떤 일을 놓고 스스로 마음을 먹을 수 있으면 그 사람은 이미 지도가 필요 없는 사람이다. 그러나 그럴 수 없는 사람은 지도자가 마음을 먹여줘야(?) 다잡아 마음을 먹는다. 그런데 마음도 먹여주지 못하면서 '마음만 먹으면 된다'는 말은 아기에게 밥도 먹여주지 않으면서 밥 먹으라고 강요하는 것과 같은 것이다.

마음을 먹이는 데는 어떤 대가, 즉 돈을 조건으로 해서 마음을 먹게 할 수도 있다. 그러나 그것은 돈을 주지 않으면 금방이라도 없어질 마음이기 때문에 진정으로 먹이는 마음이 아니다. 그리고 조건을 내세운 타율적인 법 때문에 먹는 마음은 진정한 내 마음이 아니기 때문에 조건으로 내세운 법이 아니면 이내 제자리로 돌아간다.

그러므로 돈도 주지 않고, 법적인 억압도 하지 않으면서 마음을 먹게 하는 경우는 이심전심의 뜨거운 마음의 지도자들이 하는 바로 그 지도다. 마음의 지도자들은 상대에게 헌금이나 시주라는 명목으로 돈을 받아 내면서도 오히려 즐거운 마음으로 그러면서 겸손하게 바치도록 스스로 마음을 먹게 만든다.

그러려니 진리와 사랑을 먹여서 돈을 감동이라는 보자기에 싸서 내놓도록 해야 진정한 헌금이다. 재물 그 자체가 목적이 아니라 의義를 위한 수단이라는 가치관이 정립되도록 마음을 재창조해야 되는 것이다. 그렇게 되면 헌금을 하고도 오히려 송구스러워하게 되고, 감사하게 된다.

그렇지 못하고 헌금이나 시주라는 원칙만을 적용해서 돈을 받아 내려니(?) 호주머니에 들어 있는 돈을 빼앗는 거나 다름없기 때문에 내면서도 속는 것 같고, 부담스러운 것이다.

헌금과 세금이 다른 것은 세금의 배후에는 법이 있고, 헌금의 배후에는 마음이 있는 것이다. 그러므로 마음을 잘 먹여야 귀한 헌금을 하는 것이다. 알고 보면 따르는 자로 하여금 마음의 범죄를 하게 하는 것도 지도자가 먹이는 마음에 달려 있다는 사실을 깊이 생각해 볼 일이다.

이것은 일을 하고 시키는 것과 더불어 해야 할 일을 놓고 하지 않는 사람에게 왜 안 하느냐고 다그치는 사람은 자동차의 시동도 걸지 않고 가속기를 밟으면서 차가 안 간다고 투덜거리는 사람과 같다.

일이란 역시 몸이 하지만 마음을 먹어야 할 수 있는 것이다. 그러려니 그 일을 열과 성을 다해서 능률적으로 할 수 있도록 마음을 먹여야 한다. 특별히 종교적인 선교에 관한 일일수록 마음을 제대로 잘 먹여야 ‘마음먹고’ 열심히 하게 된다.

그렇다면 누가 마음을 먹여야 하나?

소유하는 것과 소유당하는 것

보이지 않는 사랑을 소유한 이는
그 사랑이 미치는 영역이 전부 자신의 소유가 되고,
눈에 보이는 것을 소유한 이는 그것을 소유한 것이 아니라
그것에 자신의 감정이 소유돼 있다는 사실을 깨달아야 하는 것이다.

재물이 소낙비처럼 쏟아진다해도 인간이 가지고 있는 욕망의 그릇을 다 채울 수는 없다. 인간의 소유욕에는 한계가 없기 때문이다.

사람들은 자신이 무엇을 갖게 되면 그것을 소유했다고 생각하지만 사실은 그것에 자신의 감정이 소유당하고 있는 것을 모르고 하는 말이다. 가진 사람은 그것을 잃어버릴까봐 불안한 나머지 지키려고 안간힘을 쓴다.

부자일수록 높은 담 속에 갇혀 살고, 철옹성 같은 담도 부족해서 그 위에 가시철망을 쳐 놓고, 그것도 부족해서 적외선 카메라로 감시하는가 하면 마당에는 사람 사냥에 익숙한 개를 풀어놓는다. 어찌 그것뿐이랴. 현관문이나 창문은 온통 철망으로 무장돼 있고, 안방에 있는 금고 역시 본인 이외에는 누구도 열 수 없다.

알고 보면 그 부자는 큰 집이나 재산을 소유한 것이 아니라 자신의 몸도 담을 수 없으리 만치 작은 금고 속에 갇혀 사는 가장 가난한 사람인 것이다.

반면에 담도 대문도 없고 방문을 걸어 잠글 자물쇠 하나

없는 사람은 비록 남이 보기에는 남루한 삶을 살아가는 것 같지만 그런 사람이야말로 그 집을 소유한 부자다.

더 나아가 싸리문 열고 들어갈 내 오두막 하나 없어도 나라와 민족을 사랑하다 죽은 사람은 자신이 머무는 곳이 집이요, 마당으로서 그 나라 자체가 자신의 소유가 되는 것이다.

그러고 보면 보이지 않는 사랑을 소유한 이는 그 사랑이 미치는 영역이 전부 자신의 소유가 되고, 눈에 보이는 것을 소유한 이는 그것을 소유한 것이 아니라 그것에 자신의 감정이 소유돼 있다는 사실을 깨달아야 하는 것이다.

사람들이 집착하는 또 하나는 사람의 머리 위에 군림하는 '자리'로서, 대부분의 사람들은 자리에 연연한 나머지 스스로 한심한 사람이 되어간다는 사실이다. 자리에 연연한 만큼 소신과 신념은 어디로 가버리고 기회주의자가 되고 만다는 것이다. 그렇기 때문에 독재자 아래는 간신들만 모이는 것이 고금의 이치다.

낭떠러지의 높이만큼 불안도 비례하듯이 자리의 높이만큼 그것을 놓칠세라 불안할 수밖에 없는 것이다. 그러고 보면 자기가 앉아 있는 그 자리는 자기 자리가 아니다. 그 자리에 '얹혀 있는 사람'일 뿐이다. 즉 사람이 주인이 아니라 자리가 주인이라는 말이다. 그래서 자리가 요동치면 사람이 떨어지고, 또 다른 사람을 올려놓게 된다.

이러한 것은 우리가 누리고 있는 문명의 이기利器들이 모두 그러하다. 값싼 옷을 입은 사람은 옷을 입은 것이지만

비싼 옷을 입은 사람들은 사람이 옷을 입은 것이 아니라
옷이 사람을 싸고 다니는 것이다. 그런데 수많은 사람들은
모두들 착각하고 산다. 소유했는지 소유당했는지, 앉았는
지 얹혀 사는지, 입었는지 입혔는지를…….

사이클 맞추기

이미 죽어서 저 세상에 간 조상의 영인靈人들이
후손을 찾아오는 것도
영靈적인 사이클에 기인하는 것이다.

우리 눈에 보이지는 않지만 공간마다 수많은 종류의 전파가 서로 엉켜 있다. 사이클만 제대로 맞추면 그 많은 전파 속에서도 정확하게 한 전파만 가려잡는다. 반대로 공간 중에 전파의 종류가 아무리 많아도 사이클이 맞지 않으면 TV화면이나 휴대폰에 절대로 접속되지 않는다.

이러한 사이클의 법칙은 생명의 세계에도 그대로 적용된다. 감나무에는 감나무만이 접接이 될 뿐 다른 나무가 접이 되지 않는다. 즉 동질同質이 아니면 접이 되지 않는 것이다. 사람에게 있어서도 피의 형型이 같지 않으면 수혈을 거부하게 된다.

이것은 비단 눈에 보이는 물질세계에만 적용되는 것이 아니라 눈에 보이지 않는 영혼의 세계에도 그대로 적용되는데, 이미 죽어서 저 세상에 간 조상의 영인靈人들이 후손을 찾아오는 것도 영靈적인 사이클에 기인하는 것이다. 그렇기 때문에 살아 계신 부모는 아들 집을 주소에 의존해서 찾아가지만 조상은 영적인 사이클에 의존해서 찾아가기 때문에 생각과 더불어 공간이동이 되는 것이다.

흔히 할아버지가 자기 손자를 지칭할 때 '내 아들의 아들'이라고 하지 않고 '내 손자'라고 말한다. 그것은 대代수가 아무리 많은 차이가 나도 내 것이라는 말이다. 마찬가지로서, 5대조 할아버지가 자기로부터 5세손世孫이 되어도 '누구 아들의 아들, 아들의 아들'이라고 하지 않고 '내 손자'라고 말하는 것은 아무리 거쳐와도 사이클은 하나이기 때문이다.

방송국에서 비롯된 전파가 중계소를 거쳐 와도 방송의 내용은 변하지 않고 그대로 전송되는 것과 같다고 하겠다. 그래서 혈통血統이 중요하다거나 피는 못 속인다고 말하는 것이다.

이러한 법칙은 하나님과 인간에게도 그대로 적용되는 바 하나님의 사이클은 '절대 선, 절대 사랑'이다. 그렇기 때문에 그러한 선과 사랑을 갖게 되면 누구나 하나님과 접속이 가능한 것이다. 반대로 사탄의 사이클은 '악과 거짓'이기 때문에 누구나 악과 거짓에 물들게 되면 자연히 사탄과 접속되게 되는 것이다.

그런데 불행하게도 인간시조의 타락으로 태어나면서부터 이미 사탄과 사이클을 맞춰서 태어나기 때문에 본능적으로 하나님과는 사이클을 맞추지 않으려고 하는 것이다.

청소년들은 어른들이 하지 말라는 것만 골라서 하려하고, 어른들은 서로간에 불신할 일만 골라서 한다. 예나 지금이나 나라를 이끌어 가는 정치인들은 그 속성이 하나님

께서 가장 싫어하시는 권모와 술수, 반목과 질시를 교과서
로 하지 않는가? 그래서 이 세상을 사탄이 주관하는 주권
이라고 말하는 것이다.

종교란 하나님과 인간의 사이클을 한 눈금 한 눈금 접근
시켜가자는 것에 다름이 아니다. 라디오 사이클을 맞추듯
이…….

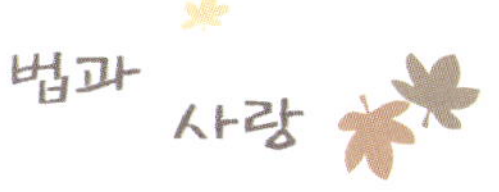

법과 사랑

법정法庭에서는 변호사와 검사가 하나의 사건을 놓고 치열한 공방을 벌인다. 변호사도 법法을 다루는 사람이고, 검사도 법을 다루는 사람인데 언제나 그 주장이 상반된 것은 사건을 다루는 동기가 서로 다르기 때문이다.

모든 법을 다 동원하여 피의자에게 중벌을 주자는 것이 검사의 주장이라면, 변호사는 무죄가 되도록 하거나 관대한 처분을 받게 하는 것이 그 동기이다.

하나님과 사탄의 관계도 이와 같다.

천사장天使長도 원래 에덴동산 출신으로 선한 존재였으나 타락으로 말미암아 사탄이 되어 하나님과 다른 길을 걷게 된 것이다.

그때부터 사탄은 인간에게 묻어 있는 악과 죄의 조건을 낱낱이 걸고 넘어지고, 하나님은 태산같은 죄악 속에서 티끌 같이 작은 선의 조건이라도 그것을 씨앗으로 용서와 사랑을 하려하는 것이다.

즉 사탄은 벌을 줄 수 있는 요건만 찾고, 하나님은 용서

할 요건만 찾으려 한다. 그래서 사탄은 사랑이 없는 심판의 주인이고, 하나님은 사랑을 배경으로 한 법의 주인이다. 부모의 매는 매보다 더 큰 사랑이 있기 때문에 매를 맞고도 더 정들 수 있지만, 사랑이 없는 심판의 매는 매 뒤에 법이 있기 때문에 맞을 매를 맞고도 회개가 되지 않고 오히려 마음이 더 멀어지는 것이다.

모든 존재의 세계를 보면 존재물 그 자체는 원리에 의하여 존재하지만 그것이 존재하는 목적은 분명히 음양의 조화에 의한 결실에 있는데 그 음양의 조화를 이루는 궁극에 도달해 보면 하나님의 사랑이라는 것을 발견하게 된다.

그러므로 법도 사랑을 위한 법이 아니라 심판을 위한 법이라면 그 법은 또 다른 악을 낳게 된다.

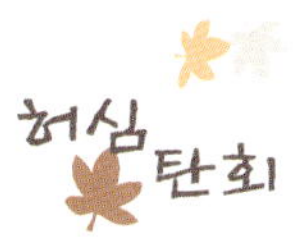

허심탄회

지도자가 아랫사람들을 집합시켜 놓고 경직된 자리에서

"지금부터 우리 단체의 발전을 위하여 어떤 말이든 허심탄회虛心坦懷하게 애기 해 봅시다."

하고 운을 뗀다. 한순간 서로의 눈치를 살피며 이 말을 해야 하나, 말아야 하나? 잘못했다간(?) 등 별 생각을 다 하게 된다. 기회주의자이거나 영리한(?) 사람은 그 자리에서 허심탄회라는 말에 절대로 유혹되지 않는다. 그 허심탄회의 자리는 분위기 파악을 못하는 사람이나 자기 감정을 컨트롤하지 못하는 정의파(?)가 봉변당하는 자리일 가능성이 많기 때문이다.

어떤 단체든 허심탄회하게 애기하게 되면 그 단체의 문제점이 노출되게 마련이고, 그러한 문제점의 진원지는 따르는 자에게도 있지만 지도부나 그 지도부의 지도 내지 방법론에 상당부분 책임이 있다. 그런데 그 문제를 건드리면 그때부터 해명하고, 교육하고, 변명하고, 훈시하는 시간으로 돌변해서 허심탄회는 용두사미가 되고 만다.

허심탄회가 아무 데나 되는 것이 아니다.

넥타이를 풀고 복장이 자유롭다고 마음이 자유로워지는 것이 아니라 평소 서로간의 정情적인 관계에 거리나 격의가 없어야 한다. 서로 정든 관계가 아니면 허심탄회는 절대로 안 된다. 계급적인 의식으로 경직되어 있으면서 허심탄회를 하자는 지도자는 코미디언(?)일 가능성이 많다.

허심탄회를 하려면 무엇이든 인위적인 겉치레들이 있으면 안 된다. 부자지간에는 비교적 허심탄회가 되는 것은 정情과 정情이 부딪히는 관계이기 때문이다.

지도자들이여! 허심탄회를 하려거든 경직된 회의석상에서 하려고 하지 말라. 목욕탕으로 가든지 자연으로 나가서 서로간에 정부터 들이자.

아랫사람 마음속에 믿음을 심어줘라. 무슨 말을 해도 나를 감정적으로 대하지 않고 내 말을 들어준다는……. 저분은 내 허물을 넓은 도량으로 감싸 안아준다는……. 비록 내 말이 관철되지 않아도 최소한 인격적으로 존중받는다는 믿음이 있어야 한다.

아랫사람이 내게 저두굴신低頭屈身하는 것을 무조건 가상히 여기지 말고 저두굴신하는 심정적인 배경을 볼 줄 알아야 한다. 지도자는 아랫사람이 혀끝에서 새어나오는 말보다 그 배후의 심정을 살필 줄 알아야 한다. 그래야만 아부인지 허심탄회인지 금방 알 수 있다. 정이 들면 허심탄회하지 않을 수 없다는 것을 아는지 모르는지…….

세포의 공진

인간이 느끼는 선악善惡의 문제는 교육 이전의 문제다.
선악에 대한 분별력은
배우지 않아도 누구나 아는 것이다.

어린 시절 친구와 노는데 정신이 팔려서 집에 가야 할 시간을 놓친 후 문득 정신을 차리면 '아차! 늦었구나'!하고 그때부터 걱정이 된다.

그 마음은 내 마음이 아니라 집에 계신 부모님께서 '이 녀석이 왜 이리 늦어?' 하고 걱정하시는 마음이 내게 공진共振한 것이다. 이처럼 사랑의 관계는 세포의 전율로 공진하게 되어 있다.

인간이 느끼는 선악善惡의 문제는 교육 이전의 문제다. 선악에 대한 분별력은 배우지 않아도 누구나 아는 것이다. 아무리 어린아이라 해도 TV드라마를 볼 때 '착한 편은 우리 편'이라는 등식을 가지고 본다. 착한 편과 악한 편을 보면서 내 세포가 진동하는 느낌이 전혀 다르지 않는가? 소매치기가 남의 호주머니에 손을 넣으면서 긴장을 하는 것은 자신도 모르는 사이에 세포가 진동을 하는 것이다.

부부지간의 공진 현상을 보자.

남편은 아내가 염려할 길을 가면 자신의 세포가 이미 반응하고 있는 것을 느끼게 되어 있고, 아내 역시 남편이 원

치 않는 길을 가게 되면 세
포가 반응하는 것을
이내 느끼게 되어
있다.
　이것은 우리 인
체의 생리적인 반응
과도 같다.

　예컨대 알레르기 체질을 가진 사람은 자기 체질이 반응
하는 물질이 있으면 눈으로 확인되지 않았는데도 즉각적
인 반응을 하지 않는가? 시각이나 후각 같은 감각은 첨단
과학 이전의 반응이다.

　이처럼 생리적인 반응이나 윤리적인 반응은 그 싸이클
이 정확해서 세포가 공진하는 주파수를 따라가 보면 거기
에 사랑의 주인인 부모도, 배우자도, 스승도, 자기가 믿는
신神도 있는 것이다.

　육법전서나 경전經典이 선악을 아무리 섬세하게 분간해
놓았어도 내 세포의 진동보다 섬세하지 않고, 인간이 만들
어 놓은 과학적인 시스템이 아무리 섬세해도 내 생리적인
싸이클보다 섬세하지는 않다. 그러므로 내 피와 세포가 반
응하는 방향으로 가기만 하면 종교가 추구하는 이상理想에
도달하게 되는 것이다.

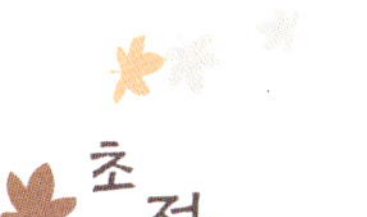

초점

아침에 눈을 뜨면 천지가 빛으로 가득 차 있다. 그런데 그 빛은 생명을 기를 수는 있어도 사물을 태우지는 못한다. 그러나 흩어져 있는 그 빛을 볼록렌즈로 모아서 초점焦點을 형성하면 사물을 태울 수 있는 불이 발생한다. 즉 빛에너지가 열에너지로 창조되는 것이다.

반대로 오목렌즈는 있는 빛도 모두 흐트러뜨려 버린다. 이러한 렌즈의 법칙은 우리의 관념과 같다고 할 수 있다. 정신일도하사불성精神一到何事不成이라는 말은 볼록렌즈 같은 사고에서만 가능한 말이다.

무슨 일을 하면서 그 일이나 일과 관계된 사람을 향하여 정신일도精神一到를 하면 반드시 하사불성何事不成하는 것이다. 어떤 분야든 그 분야에서 성공한 이들의 공통점은 지칠 줄 모르는 집념이다. 그것을 종교적으로 말하면 정성精誠인 셈이다. 몇 미터 앞 촛불을 염력念力으로 꺼버리는 것도 모두 그러한 법칙에서 기인하는 것이다.

물은 부드럽고, 쇠는 강하다. 그러나 강한 쇠로는 물을 자를 수 없지만 부드러운 물줄기로 쇠를 자를 수는 있다. 그렇게 부드러운 물도 에너지가 가중되어서 강력한 물기둥으로 초점이 형성되면 쇠나 돌도 절단해 버리는 것이다.

동물들은 싸움을 할 때 반드시 기氣싸움부터 한다. 그 기氣싸움에서 승부가 나지 않으면 실제로 싸워서 승부를 가린다.

이와 같이 무슨 일이든 촛점이 제대로 맞춰져야 이루어지지 그렇지 않으면 안 되는 것이다. 이러한 법칙이 전파에 적용되면 싸이클의 법칙이된다. 아무리 강력한 전파라도 싸이클이 맞지 않으면 수신이 되지 않고' 약한 전파도 싸이클이 정확하면 수신되듯이 사람의 정신세계도 이와 같다. 자신이 지향하는 바를 위하여 정성을 다하면 볼록렌즈가 빛을 모아 사물을 태우듯이 그 일이 성취되게 되는 것이다.

그런가 하면 오목렌즈 같은 사고체계를 가진 이들도 있으니, 예컨대 범사에 부정과 의심으로 일관한 사람이다. 있는 빛도 분산시키면 불을 얻을 수가 없듯이 안 된다는 생각으로 일을 시작하면 이미 그 일은 성취되기 어려운 것이다. 그러므로 일이 문제가 아니라 그 일을 대하는 자세가 문제인 것이다. 빛이 열에너지로 변하는 것은 빛의 차이가 아니라 렌즈의 차이이듯이……

채워야 채워지는 것이 서양화라면 비워야 채워지는 것이 동양화라 할 수 있다.

서양화는 천지창조가 끝난 결과적인 세계를 다룬 그림으로서 아름다운 색의 미학이기 때문에 캔버스 전체가 물감으로 가득 채워져야 한다. 수채화는 물론 유화의 경우 화폭 속의 폭포나 강물, 혹은 안개, 하늘, 어느 한 부분이라도 색으로 채우지 않으면 그려지지 않는 것이 서양화라고 할 수 있다. 서양화는 이미 작가가 모든 색을 결정해 놓았기 때문에 감상하는 이는 생각할 여지가 없다.

여기에 비하여 동양화는 그리지 않았는데도 그려지고, 채우지 않았는데도 채워진다. 동양화에 그려진 폭포를 보면 전혀 그리지 않았는데 물로서 가득 채워져 있음을 보게 된다.

산허리에 가득한 안개는 물감이나 먹으로 그린 것이 아니라 그냥 텅 비워 두었을 뿐인데 가득차 있는 것처럼 느껴지는 것이 동양화의 매력이다. 그래서 동양화는 태초의 색상인 빛과 어둠의 미학으로서 '흑과 백의 미학'이다.

흑과 백은 색의 미학이라기 보다 빛의 미학이라고 할 수 있으며, 음과 양의 철학적인 미美 그 자체라고 할 수 있다. 그렇기 때문에 동양화는 그리는 이나 감상하는 이 스스로 마음속에서 색을 창조하며 감상하는 예술이다.

난蘭 역시 서양란은 화려한 색色을 보는 반면에 동양란은 선線을 소중히 여기는 선線과 공간空間의 미학美學이다. 이것은 단순히 미학만을 놓고 생각하자는 것이 아니다.

사람들은 무엇이든지 화려하고 비싼 것을 소유하고 채워야 채워졌다고 생각하지만 사실은 그렇지 않다. 오히려 마음의 세계는 주어야 얻어지고, 비워야 채워지는 것이다. 돈은 얻어야 많아지지만 사랑은 주어야 부자가 되는 것을 보면 마음도 비워야 채워지는 진리를 부정할 수 없다.

말을 하지 않아도 대화가 되는 언어 이전의 심정적인 교통을 하고 싶은 것이다. 서로간에 무수한 대화를 해야 함은 그 자체가 마음의 단절을 의미하는 것 아니겠는가? 마음이 통하면 문자나 언어가 오히려 장애가 된다. 그리고 장황한 문장으로 하나를 깨우치기가 어렵고, 오히려 하나의 언어로 모든 것을 깨우칠 수 있는 언어를 갖고 싶은 것이다.

정상적인 것은 그대로 둬도 정상적이지만
비정상적인 것은 시위를 하고 주장을 할지라도
그것이 비정상적인 것이다.

이질異質이 동질同質이고, 동질同質이 이질異質이다.

이질적인 것이 하나될 때 완전한 일체감과 더불어 발전과 창조를 위한 힘이 발생한다. 남녀는 구조와 기능에 있어 완전한 이질이지만 사랑을 하게 되면 그보다 더 완전한 동질감을 느낄 수 있는 것이 있는가? 자석도 플러스(+)와 마이너스(–)가 서로 이질이지만 하나 되면 완전한 일체로서 새로운 힘이 발생된다.

에너지도 동질끼리 있으면 정적靜的인 에너지지만 이질이 서로 조화를 이루게 되면 이내 동적動的인 에너지로 변하여 창조와 성장과 번식이라는 변화를 하게 된다. 그리고 동질끼리는 절대로 하나 되지 않는다. 자석은 오히려 동질끼리는 물리친다.

자연은 이질이 동질화 돼서 조화를 이루는데 인간만이 유독 동질끼리 하나되겠다고 항변하는 무리들이 있으니 게이, 레즈비언, 호모들이 바로 그것이다. 그들은 자신들의 행위에 대한 나름대로의 논리를 가지고 시위도 하지만 그 논리를 만들면 만들수록 스스로의 모순에 빠지게 된다.

목소리가 크고 액션이 큰 것은 자신이 합리적이지 않을 때 나타나는 현상이다. 자신의 행위나 감정이 합리적이고 정상적일 때는 항상 자연스럽다.

남녀가 결혼해서 사는 것을 놓고 정상적이라고 시위하는가? 숨쉬고 밥 먹는 문제를 놓고 시위하는가? 정상적인 것은 그대로 둬도 정상적이지만 비정상적인 것은 시위를 하고 주장을 할지라도 그것이 비정상적인 것이다.

인간 세상의 이질화異質化의 현상은 이것뿐만이 아니다. 본래 신인지간神人之間도 이질이면서 동질화 됐어야 했고, 천지지간天地之間도 그랬으며 심신지간心身之間도 그랬다. 그런데 하나 같이 이질이 이질로 끝나 버렸으니 인간세계에 비극이 오는 것이다.

신神이 천지를 지으실 때 상대적이라는 이질로 지으신 것은 진정한 동질화를 통하여 연속적인 창조로 영원한 발전을 하기 위한 것이었다.

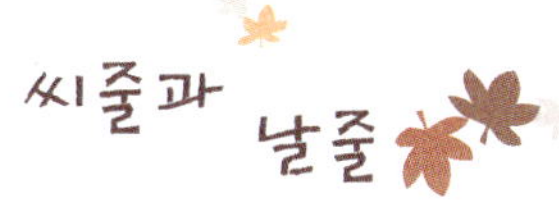

면장갑의 손가락이 다섯 개지만
다섯 가닥의 실이 아닌 한 올에 의해서
각기 다섯 손가락으로 갈라진 것에 불과하다.

베는 씨줄과 날줄이 종횡縱橫으로 엮어져 조화를 이루면서 짜여진다. 천의 길이가 아무리 길어도 하나의 씨줄에 의하여 완성된다. 실이 실로 있으면 가느다란 선線에 불과하지만 좌우로 오가면서 넓고 긴 면面을 창조하는 것이다.

한 필의 천으로 수십 벌의 옷을 지어서 각기 서로 다른 사람이 입었을지라도 하나의 씨줄에 의하여 지어진 천임에는 틀림이 없다.

이처럼 존재하는 모든 것은 직간접적으로 상호 관계되지 않는 것이 없다. 하나의 씨줄에 연결된 거대한 생명체계인 것이다. 이것은 흡사 자전거 체인과도 같은 것이어서, 체인을 이루고 있는 고리 하나하나는 각기 다른 것들이지만 연결될 때 체인으로서의 의미가 있는 것처럼……

비록 인류의 역사가 길고 방대하지만 모두가 하나의 씨줄에 의하여 인연 지어진 관계이기 때문에 자신의 삶을 사랑하듯 다른 사람의 삶도 사랑해야 하는 것이다. 예컨데 인종간의 갈등이나 민족간의 갈등, 나아가 국가간의 갈등

같은 모든 갈등은 종식돼야 한다. 너와 내가 하나의 씨줄에 연결되었으니 '너와 나'라는 이분법二分法적인 사고가 아닌 '네가 나'라는 동질同質적인 사고 체계를 회복해야 한다.

이분법적인 사고思考 아래서는 상대방을 해害하는 것이 단순히 상대를 해害하는 것으로 그치지만 '네가 나'라는 동질적인 사고체계 아래서는 남을 괴롭히는 것이 곧 나를 괴롭히는 것이기 때문에 결코 상대방을 괴롭힐 수가 없는 것이다.

면장갑의 손가락이 다섯 개지만 다섯 가닥의 실이 아닌 한 올에 의해서 각기 다섯 손가락으로 갈라진 것에 불과하다. 손가락이 다섯 개지만 주먹을 쥐면 하나 아닌가? 그렇다면 하나와 다섯의 차이점이 무엇이란 말인가? 마찬가지로 서로를 가르는 경계선이라는 것은 부질없는 것이다.

씨줄이 끊어지면 면은 창조되지 않는다는 교훈을 잊어서는 안 되겠다.

나를 나되게 하는 것은 나의 밖에 있다

내 마음속에 갇히는 것처럼 고독한 것은 없다.
그 고독은 자기 스스로 해방시키지 않으면
누구도 해방시켜 줄 수 없다.

나를 나되게 하는 것은 나의 밖에 있다.

내 생명을 생명되게 하는 것은 내 몸 밖에 있지 않은가? 공기나 음식이나 빛과 같은 것들이 모두 내 생명을 생명되게 하는 것들이다. 그러므로 나 밖의 것들이 병들면 내 몸이 병들고, 그것들이 건강하면 내 몸도 건강한 것이다. 마찬가지로 내 마음을 마음되게 하는 것도 나의 밖에 있다. 나와 관계 맺은 사람을 평화롭게 하면 내 마음도 평화롭고, 그를 괴롭히면 내 마음이 괴로움을 당하는 것만 봐도 알 수 있다.

그렇기 때문에 마음의 나를 키우려면 나를 초월한 삶이어야 한다. 가정을 위하면 내 마음이 가정만해지고, 나라를 위하면 내 마음은 나라만해지는 것이다. 그리고 세계와 인류를 위하면 내 마음도 세계와 인류만해지는 것이다.

성현들을 보라. 그들이 세계와 역사를 지배하는 것은 살아 생전에 세계와 인류 그리고 역사의식을 가지고 살았던 삶이 그들을 그렇게 만들어 놓은 것이다.

반면에 나를 나 이하로 떨어뜨리는 것은 나 밖의 누군가를 속이거나 괴롭힐 때 그렇다. 즉 나 밖의 나를 함부로 하면 내 속의 나가 망가지는 것이다.

사람들은 감옥과 같은 제한된 공간 속에 갇히는 것을 외롭다고 생각하지만 그것은 결코 그렇지 않다. 몸은 공간 속에 가둘 수 있어도 마음은 가둘 수 없는 것이다. 오히려 교도소 내에서도 마음은 자유로울 수 있다. 그러나 내 마음속에 갇히는 것처럼 고독한 것은 없다. 그 고독은 자기 스스로 해방시키지 않으면 누구도 해방시켜 줄 수 없다. 누군가를 미워하면 내 속에 내가 갇히지 않는가? 그래서 미움은 갇힘이요, 사랑은 해방이다.

종교에서 사랑을 가르치는 것도 자기로부터의 해방을 위함이다. 그런데 그 종교의 이름 속에 또 다시 갇히는 이가 있으니 해방의 진정한 의미를 모르는 사람이다.

죽음만 해도 그렇다. 몸은 죽일 수 있어도 마음을 죽일 수 있는가? 사람들은 예수님을 핍박하고 그의 육신을 죽이면서 영혼까지 죽였다고 생각했을 것이다. 그러나 예수는 영혼이 되살아 나서 인류의 머리가 되셨다. 반면에 예수님을 죽인 자들은 사람을 죽인 그 마음 자체가 이미 죽은 마음이었던 것이다.

이처럼 나를 나 되게 하는 것은 상대방을 존중하고 섬길 때 진정한 나를 찾을 수가 있는 것이다. 반면에 나를 망치는 것은 남을 무시하고 구박하는데 있다는 사실을 알아야 한다.

자연계의 존재 양상도 기본적으로 동물, 식물, 광물이라는 3물三物과 기체, 액체, 고체라는 3체三體의 조화에 의하여 운행되는 것 역시 셋이면서 하나요, 하나면서 셋으로서, 구별되면서도 구별되지 않고 구별되지 않으면서 구별되는 삼위일체三位一體의 세계이다.

삼수三數의 철학哲學

우주의 근본을 수數로 봤던 철학을 말하지 않더라도 일상에는 중요한 수가 어느 한 분야만이 아닌 모든 분야를 망라하고 있다.

그 중에 3수三數에 관한 예는 많고 많다. 기독교의 성부聖父와 성자聖子와 성신聖神이라는 삼위신三位神의 일체一體는 마음과 몸과의 관계와 같은 것이다. 마음과 몸이 나눈다고 나누어지는가, 나누지 않는다고 나누어지지 않는가, 하나이면서도 둘이고 둘이면서도 하나가 심신지간心身之間이라면 삼위신三位神 역시 그러한 것이다. 불교에서 말하는 삼보의 불佛, 법法, 승僧 역시 3수의 철학에 기인한 것이다.

이처럼 삼위신三位神을 모델로 해서 우주 역시 천天, 지地, 인人이라는 구조로 이해했던 철학적인 우주관이었다.

이러한 3수의 철학은 종교에 그치지 않고, 우리가 살아가는 삶의 모든 영역에 그대로 적용되는 우주의 기본적인 수리가 되기도 했다.

자연계의 존재 양상도 기본적으로 동물, 식물, 광물이라는 3물三物과 기체, 액체, 고체라는 3체三體의 조화에 의하여 운행되는 것 역시 셋이면서 하나요, 하나면서 셋으로서, 구별되면서도 구별되지 않고 구별되지 않으면서 구별되는 삼위일체三位一體의 세계이다.

예컨대 고체를 파괴하면 액체가 되고, 액체를 파괴하면 기체가 된다. 그리고 동물계가 섭취해야 할 기본적인 3대 영양분이 지방, 탄수화물, 단백질인가 하면 식물계의 3대 영양분이 질소, 인산, 칼리도 이러한 이치인 것이다.

그리고 인간이 향유하는 예술의 세계도 소리와 빛과 색의 예술로 구별된다. 소리의 예술을 보면 타악기, 현악기, 관악기라는 세 가지의 소리가 조화를 이루며 오케스트라가 구성되고, 사람의 성대 역시 소프라노, 메조소프라노, 알토, 그리고 바리톤 테너 베이스라는 삼색의 음으로 하모니를 이룬다.

색의 예술 역시 빨강, 노랑, 파랑이라는 3원색이 그 기본이며 빛의 예술은 빨강, 노랑, 초록이 그 기본이다. 이러한 자연의 이치가 인간세계의 문화를 형성하는 요인으로 적용하는 것을 보면, 과학도 인문과학, 사회과학, 자연과학이며, 국가를 경영하는 3권 역시 입법, 사법, 행정으로 구성된다. 이러한 3수 철학의 결정結晶은 인간세계의 가정문화에서 그 결실을 봐야 하는 바 3대三代의 대가족주의 문화가 바로 그것이다. 즉, 한가정의 기본단위는 3대가 같이 살면서 그 정서가 타율적인 교육이 아닌 자율적인 상속으로서 보고 배우는 교육이 가정이라는 것이다. 조부모와 부모와 손자가 서로 효孝와 사랑을 실천하면서 사랑의 하모니를

이루는 것이 에덴의 이상이
었다는 말이다.

　이렇게 삼대가 어울려
주고 받는 사랑이 에덴
이상이고, 사랑을 이루
려던 하나님의 뜻이었기
때문에 참사랑이라고 말할
수 있다.

　할아버지와 손자가 사랑을 주고 받는 동위권과 사랑을
같이 나누었으니 동참권과 더불어 살아가는 동거권이 주
어지고, 그러니까 자연적으로 모든 것을 이어주고 상속권
을 주지 않을 수 없다. 이러한 기대가 진정한 에덴의 이상
이었던 것이다.

　그러나 불행하게도 인류가 타락으로 잘못되기 시작한
것은 3수의 밸런스가 무너지면서 비롯된 것이다. 즉, 핵가
족이라는 맹랑한 문화는 부모(上)와 자녀(下)를 부정하고
부부(수평, 일방)만을 소중히 여기는 문화로서 철저한 개인
주의 문화며, 이기주의 문화로서 인간으로 하여금 본성의
범죄자를 양산한 문화라고 볼 수 있다. 그래서 토인비 같
은 이는 서구의 핵가족 문화를 비판하면서 유교정신에 바
탕을 둔 대가족주의 문화를 가지고 있는 한국의 가정문화
를 예찬했던 것은 단순히 감성적인 역사관이 아니라 우주
의 원리와 일치된 견해였다고 할 수 있는 것이다.

지금의 삶이 영원한 세계에 그대로 연결된다는 사실을 안다면
지금의 나 속에 미래가 잉태되어 있고,
과거가 용해되어 있다는 사실도 인정할 수밖에 없다.

겨울의 끝은 봄의 시작이요, 봄의 끝은 여름의 시작이다. 밤의 끝은 낮의 시작이요, 낮의 끝은 밤의 시작이다. 나무의 끝은 열매의 시작이요, 종자의 끝은 새싹의 시작이다.

우주의 법칙에서 끝은 존재하지 않는다. 전부가 원형운동과 구형운동을 하면서 영원히 순환하는 거대한 생명체이다.

생명의 세계를 보면 나무 따로, 태양 따로, 공기 따로가 아니다. 전부 유기적인 관계를 가지고 있으면서 생명을 유지하고 있다. 비록 눈에 보이지는 않지만 무형의 에너지들이 모여서 유형의 모양과 색상을 창조해 내고, 그 나무가 죽으면 또다시 무형의 에너지가 되어서 유형의 생명을 창조하는 자양분이 되는 것이다. 이처럼 생명의 세계는 끝을 끝으로 말할 수 없는 것이다.

새로운 생명은 언제나 죽음의 토대 위에 세워지게 되어 있다. 씨눈은 종자의 육질을 먹고 돋아나고, 새싹은 떡잎을 먹고, 열매는 나무의 진액을 먹고 결국 줄기가 쇠진衰盡

해지지만 새봄이 되면 앙상한 가지 끝에 우주력宇宙力을 품은 새로운 생명이 탄생하게 된다. 하나의 생명의 끝이 또 다른 생명의 출발로 이어지는 것이 우주의 법칙이듯이 인간의 생애도 이와 다를 바가 없다.

상가喪家에 다녀와서 느낀 점은 조문弔問하러 오는 모든 사람들이 한결같이 망인亡人의 죽음을 보면서 '끝'이라고 생각한다는 것이다.

대부분의 사람들은 '죽음=끝'이라는 등식을 가지고 있다. 조문객은 물론 상주喪主들마저도 그렇게 생각하는데 망인亡人의 입장에서 보면 그것이 그토록 안타깝고 분하다는 사실이다. 시작을 끝으로 생각하는 것은 참으로 어리석은 생각이 아닐 수 없다. 농부의 손에서 뿌려진 종자가 끝이 아닌 새로운 시작이고, 학교를 졸업하는 것은 끝이 아닌 새로운 시작이 되는 것이다. 이처럼 육신의 죽음이란 새로운 세계의 시작이라는 것이 엄연한 현실인데 그것을 모르고 통곡만 하면서 영원한 이별이라고 생각한 나머지 영결식永訣式을 하기 때문에 영계에서 보면 가슴 아픈 일이 된다.

그런데 장례식에 죽음이 끝이 아니라 새로운 시작이라는 사실을 알고 찾아오는 사람이 있다면 그 사람은 영인들이 가장 반갑게 생각하는 사람일 것이다. 사람은 누구나 자기의 사정을 알아주는 사람과 가장 쉽게 정이 통한다. 함께 살아도 사정이 통하지 않으면 먼 이웃이지만, 먼 이웃이라도 사정이 통하면 가족같이 가까운 법이다.

시始와 종終은 동일선상에 존재하는 것이기 때문에 언제나 일관一貫된 가치관으로 살아야 하는 것이다.

지금의 삶이 영원한 세계에 그대로 연결된다는 사실을 안다면 지금의 나 속에 미래가 잉태되어 있고, 과거가 용해되어 있다는 사실도 인정할 수밖에 없다. 시始는 종終을 잉태하고 있고, 종終은 시始의 결실이기 때문에 시종일관始終一貫해야 하는 것이다. 이것이 바로 참과 거짓의 차이라고 할 수 있다. 참은 시와 종이 같고, 거짓은 시와 종이 다른 것을 의미하는 것이다.

인간의 탄생과 죽음이라는 시종始終을 놓고 보면 참으로 모순이 많은데 이것은 탄생이라는 시始에는 자범죄自犯罪가 없었는데 죽음이라는 종終에 이르면 자범죄自犯罪 투성이가 되는 것은 거짓된 인간의 모습이다.

가정이 바로 하나님이 거하는 곳

기독교를 비롯한 모든 종교에서는 각기 자기들이 믿는 절대자에 대한 속성을 규정할 때 반드시 '유일, 불변, 영원'의 세 가지를 이야기한다. 그런데 기독교에서는 이러한 속성을 지닌 절대자를 '하나님'이라고 하는데 이것은 유일신唯一神에 대한 순수한 한글 표기로서 '하나밖에 없는 님'이라는 의미를 담고 있다. 유일성과 불변성과 영원성이 곧 하나님의 속성이라는 말이다. 그래서 하나님을 절대자라고 부르는 것이다.

그런데 하나님께 적용되는 언어들이 그대로 적용되는 곳이 있으니 바로 가정이다. 가정을 보면 '하나의 님'만이 존재하는 곳이다. 아버지가 '두 님'일 수 없고, 어머니가 '두 님'일 수 없다. 오직 '하나'밖에 없는 님이다. 나아가 부모 또한 영원히 '하나'밖에 없는 '님'이다. '우리 아버지 둘이다, 우리 어머니 셋이다, 이번에 우리 부모님 바꿨다'와 같은 말은 절대 있을 수 없는 것이다. 돌아가셔도 영원히 내 부모님은 하나밖에 없는 님이다. 그래서 천륜이다.

그리고 부부지간을 보더라도 하나밖에 없는 님으로 존재한다. 나는 마누라가 셋이라든지, 남편이 둘이라는 말이 있을 수 없다. 인류지도도 하나밖에 없다. 둘이 존재할 수 없고, 바꿨다는 말이 존재할 수 없는 것이 부부지간이다.

자녀 역시 마찬가지다. 자식이 5남매라고 해서 그 중 한 아이가 5분의 1가치가 아니다. 하나 하나가 유일한 가치로서 하나밖에 없는 님의 가치를 지니고 있다. 물건은 다섯이 있으면 그 중 하나가 5분의 1가치이지만 자녀는 절대 그럴 수 없는 것이다. 그리고 물건은 새 것일수록 좋지만 부모나 부부나 자녀를 새 것으로 바꿨다는 말이 성립되지 않는다.

가정의 구성원은 부모, 부부, 자녀들이지만 전부 하나의 목적과 가치로 살아가고 있다. 부부가 남녀 둘이지만 하나의 목적과 방향과 가치로 살아야지 두 갈래가 되면 끝장나는 것이다. 부부가 각각 마음은 둘이지만 하나로 살아야 하고, 몸은 둘이지만 하나로 살아야지 둘이라고 해서 둘의 가치로 살아간다면 그곳이 바로 지옥이다. 그리고 부자지간이 몸은 둘이지만 하나의 목적과 방향과 가치로 살아야지 둘이라고 서로의 뜻을 달리해 버린다면 거기가 바로 지옥이다. 그러므로 '가정이 바로 하나님'이라는 등식이 성립되는 것이다.

이처럼 가정이라는 것이 양量과 질質적으로 다르지만 하나로 살아야 하는 것은 흡사 쌀과 물이 서로 이질이지만 밥솥 안에서 어우러지면 밥이라는 새로운 창조물로 하나

되는 것과 같은
이치를 말
하는 것
이다.
　그런데
밥이 설익
어서 제대로
되지 않으면 그

밥은 먹을 수 없게 된다. 하나 돼야 할 것이 둘로 있으면 무
용지물이 되는 것은 우리가 사용하는 모든 도구들에서 볼
수 있다. 수많은 부품이 하나 돼서 하나의 전자제품이 되
고, 그 부품들은 전부 하나같이 움직여야지 그 중 하나만
고장이 나도 전체가 무용지물이 되는 것이다. 가정이 바로
그러한 곳이다.

　그렇기 때문에 가정이 잘못된다는 것은 단순히 부자, 부
부지간의 파멸이 아니라 하나님 스스로의 파멸을 의미하
는 것이며, 에덴 동산의 파멸, 나아가 천국의 파멸을 의미
하는 것이다.

잃어버린 신을 찾아 가는 인간

가장 완전한 인간은 신神이 창조하지만
가장 완전한 신은 인간이 창조하는 것이다.
가장 완전한 인간 그 자체가 신의 완전한 대상이니까.

신神은 태초에 인간을 창조했다. 신神이 인간을 창조한 것은 자기를 창조한 행위이기도 했기 때문에 인간이 자기 완성의 길을 가는 것은 곧 신을 창조하는 행위이기도 했다.

그러나 인간은 자신을 제대로 창조하지 못한 채 타락하고 말았다. 타락으로 말미암아 인간이 잃어버린 것은 하나님을 잃어버린 것은 물론이고 자신을 잃어버린 것이다. 그때부터 인간은 신神을 잃어버리고 저마다의 수준에 알맞는 신을 만들어 놓고(?) 섬기기 시작했다. 본래 하나밖에 없는 신이었는데 타락 이후 사람의 숫자만큼 신의 숫자도 많아진 것이다.

고목나무신木神, 바위신石神, 수신水神, 산신山神, 물가의 용왕신龍王神. 하늘의 칠성신七星神 등등. 인간들이 만들어 놓은 신神들을 보면 인종마다, 국가마다, 지역마다 그 모양이 다르다.

그러다가 본연의 인간에 가깝게 접근한 성인聖人이 나타나면서 여러 가지의 신이 하나의 신으로 통합돼 가는 것이다. 그것은 성인이 본래적인 모습에 가까운 신을 만들어 낸 것이다.

결국 가장 완전한 인간은 신神이 창조하지만 가장 완전한 신은 인간이 창조하는 것이다. 가장 완전한 인간 그 자체가 신의 완전한 대상이니까.

나아가 신神의 창조는 아직도 끝나지 않았다. 왜냐하면 인간이 완전해질 때 신의 창조는 끝나는 것이며 인간이 모든 피조물을 새롭게 창조할 때 비로소 신의 창조는 완성되는 것이기 때문이다. 이것은 완전한 작품을 통하여 소설가가 되기도 하고 화가가 되기도 하는 것과 같은 이치다.

인간이 완전해지는 내적內的인 조건은 '위함의 철학'이 자신의 완전한 삶으로 자리 잡아서 온전한 도덕과 윤리적인 삶이 되어야 하는 것이다. 인간이 신일 수밖에 없는 가장 중요한 조건이 바로 여기에 있는 것이다.

그리고 인간이 신神의 완전한 대상이 될 수밖에 없는 이유는 '창조성'에 있다. 인간이 만든 문명의 이기들을 보면 어떻게 인간을 단순한 피조물이라고 할 수 있겠는가? 기초과학은 태초로부터 존재하는 법칙으로서 신神의 손길에 의하여 되어진 것이지만 오늘날의 응용과학은 인간에 의해서 되어진 것이다. 그러므로 에덴의 하나님은 기초과학의 하나님이지만 성약의 하나님은 응용과학의 하나님으로서 인간이 되는 것이다.

자기 자신을 찾는 일

 잃어버린 물건을 찾느라 허둥대는 사람들에게 석가모니께서 말씀하시기를

"그대들은 잃어버린 그 물건보다 자신을 찾는 것이 더 급하지 않는가?"

라고 설說하셨다.

사람들이 자기 자신을 잃은 줄 알았으면 찾으려는 노력이라도 해야 옳으련만 잃어버리고도 무엇을 잃어 버렸는지 모르기 때문에 찾으려고 하지도 않는다. 잃어버린 재물이나 사람은 찾으려고 하면서 잃어버린 나를 찾아달라고 신고하는(?) 사람은 없다. 물건은 찾아도 세월이 지나면 내 것이 아니로되, 잃어버린 나는 영원히 내 것인데 버려 둬서 되겠는가?

수많은 구도자들은 잃어버린 자기를 찾아보려고 가진 것을 다 버리기도 하고, 생명을 담보로 처절한 자기와의 싸움을 하기도 한다. 사람들은 얻어야 제 것인 줄 알고 욕망의 그릇을 채우느라 온갖 재주를 다 부리지만 그들은 비워야 채워짐을 알았고, 비로소 버려야 얻어짐을 알게 되었던 것이다.

알고보니 자기 밖에 자기가 있는 것이 아니라 자기 속에 버려져 방치되어 있는 자기를 일깨워야 함을 깨달은 것이다. 마치 범종을 종메로 쳐서 품고 있는 소리를 나게 하듯이…….

지혜롭고, 눈 뜬 사람은 자기 속에서 자기를 찾고, 어리석은 자는 자기 밖의 것을 쫓다가 세월을 놓치고 만다.

예컨데 환경은 씨앗속에 내재해 있는 생명을 자극하는 협조자일 뿐 환경이 생명을 가지고 있는 것이 아님과 같다. 열악한 환경은 생명을 강하게 하고, 좋은 환경은 생명의 성장을 가속화하듯이 환경은 생명을 위한 환경일 뿐이다.

마찬가지로 종교적인 요건들은 모두 내 속에 내재해 있는 진아眞我를 일깨워 주기 위한 것일 뿐 종교 자체에 생명이 있는 것은 아니다. 그러므로 자기를 찾는 구도의 길은 비단 종교에만 있는 것이 아니라 종교 밖의 모든 희노애락의 삶 속에 있는 것이다.

법당에서 경經을 붙잡고 씨름을 하면서도 얻어지지 않던 각覺의 세계가 어두운 동굴에서 해골에 고인 물을 마시고서야 비로소 깨달음을 얻었던 원효의 법당은 어디였으며, 경經은 도대체 무엇이었는가?

칡흙같이 어두운 동굴이 그의 법당이었고 그의 경전은 해골에 고인 물이었던 것이다.

지혜로운 자는 평범 속에서 비범을 발견하고, 우매한 자는 비범한 것을 보면서도 평범 이상을 보지 못하는 안목의 차이가 있을 뿐이다.

내리 사랑의 참된 의미

물은 아무리 물리적인 힘을 가해도 상처가 나지 않고
오히려 그것을 품어서 소화해 버리듯이
참된 사랑은 아무리 어려워도 상처를 받지 않는다.

사랑은 물의 속성과도 같다. 얼음은 자신의 모양을 고집하지만 물은 자신의 모양을 고집하지 않고 어떤 모양의 용기用器에도 잘 적응한다.

참된 사랑이란 물처럼 자신을 고집하지 않는다. 물은 더러운 것을 깨끗이 씻어내는 속성이 있듯이 사랑도 사람의 죄와 악을 씻어내는 속성이 있다. 원수에 대한 가장 완전한 복수도 사랑이다.

물이 모든 생명을 소생시키는 원동력이 되듯이 사랑도 모든 영혼을 일깨우는 생명의 원동력이 된다. 사랑이 없는 영혼은 죽음의 터널에 갇혀 있는 영혼이지만 사랑할 줄 아는 영혼은 아무리 구속하려고 해도 이미 해방된 영혼이다.

물은 그 표면이 언제나 수평을 유지하여 기울음이 없듯이 사랑도 이와 같아 언제나 평등한 가치로서 대한다. 사랑이 없으면 빈부귀천의 굴곡된 대인관계를 갖게 된다.

물은 아무리 물리적인 힘을 가해도 상처가 나지 않고 오히려 그것을 품어서 소화해 버리듯이 참된 사랑은 아무리 어려워도 상처를 받지 않는다.

물이 장소를 가리지 않고 하수구든 쓰레기장이든 내려
갈 수만 있다면 어디든지 내려가듯이 참된 사랑도 대상을
가리지 않고 사랑을 필요로 하는 모든 이를 사랑한다.

물이 아래로 아래로만 내려가서 가장 밑바닥에서부터
채워 올라오듯이 참된 사랑은 어둡고 힘들고 고통받는 자
의 편에서 언제나 낮은 곳으로 임하는 내리사랑이기 대문
에 위대한 것이다.

물은 한없이 부드럽고 약한 것 같지만 낙수물이 바위를
뚫듯이 사랑 역시 보기에는 약한 것 같지만 원수의 손에
들려 있는 무기를 녹여 쟁기를 만들게 하는 힘이 있다.

물은 다투지 않는다. 거센 파도가 소리를 내며 서로 부
딪히지만 부서졌다가 다시금 제자리로 돌아가서 하나가
된다. 사랑도 때로는 아픔을 겪지만 이내 마음의 평정을
되찾고 본래적인 모습을 회복한다.

사랑 받지 않아도 될 부자는 없고, 사랑하지 못할 정도로
가난한 사람은 없다.

제4부

맞춰가면서
사는 삶

예루살렘에 갔다 온 것이 장한 일이 아니라
훌륭히 살아있다는 것이 장한 일이다.
—성. 제롬

It is not great thing to have been to Jerusalem,

but to have lived well is a great thing.
—St. Jerome

혜안慧眼을 가진 사람은 모든 것을 입체적으로 봐서
그 속에 우주적인 진리를 찾아내지만
육안肉眼만을 가진 사람은 입체적인 것도 평면적으로 보게 되어
모든 것을 놓치고 마는 것이다.

사람이 사랑의 눈으로 사물과 사건을 보면 입체적으로 볼 수 있지만, 지식의 눈으로 보면 평면적이고 직선적으로밖에 볼 수 없다.

부모가 자식을 볼 때는 사랑의 눈으로 보기 때문에 현재를 현재로 보지 않고 일생의 가치로 판단하고 대하게 된다. 아기가 조금 특별한 행동을 하면 그것을 보는 부모의 눈은 지금의 가치로 보고 기뻐하는 것이 아니라 '애가 커서 큰일을 하려나?' 하고 일생의 가치와 연결시켜서 평가한다. 남의 눈에는 평범한 것도 부모의 눈에는 특별하게 보이는 것은 바로 이 사랑 때문이다.

그래서 사랑의 눈은 하나를 하나로 보지 않고, 전체적이요, 우주적인 가치로 평가하고 대하는 것이다. 사랑의 눈을 가지면 죄 속에서 의義를 발견하고 비천함 속에서 진眞을 발견하게 되지만, 사랑이 없으면 죄악을 보면서 정죄가 앞서고, 비천함을 대하면서 무시가 앞서게 되는 것이다. 빈貧과 부富도 사랑 앞에는 무가치한 평가이고, 귀貴와 천賤도 사랑 앞에서는 무의미한 평가가 된다. 오히려 사랑의

눈은 빈과 천에 더 애착과 정성을 들인다.

부모의 눈을 보면 잘 사는 자식보다 못 사는 자식에게 더 정을 두고 있음을 발견하게 된다. 배운 자식이나 건강한 자식보다 못 배우고 병든 자식에게 더 애착을 갖는 것이다. 사랑의 눈이 아니면 무시하고 천대할 불구와 무식과 가난도 사랑이 있으니 더 애착을 가지고 인연 맺는 것은 기가 막힌 조화다. 이것은 이성理性 이상의 정적情的의 세계인 것이다. 그러므로 사랑의 세계는 모든 환경과 사건과 사람을 입체적으로 봄으로써 가치를 발견하는 것이다.

생명의 세계를 놓고 보아도 하나 속에 우주가 있다는 사실을 발견하게 된다. 하나의 풀잎 속에도 우주의 기원이 들어 있고, 우주의 생성 원리가 숨

쉬고 있는 것이다. 언덕에 서 있는 한 그루의 소나무도 그 나무 자체만을 보면 100년 밖에 되지 않은 나무지만 그 나무가 그곳에 서 있기까지의 생명의 유래를 더듬어 보면 그 속에도 분명 우주의 기원이 잉태되어 있음을 알 수 있다. 거대한 지구가 태양을 중심하고 일정한 법칙에 의하여 자전과 공전을 하는 것이나, 눈에 보이지 않는 원자가 존재하는 원리는 마찬가지이다. 미세한 원자 속에 태양계의 운

동원리가 내재해 있으며 우주의 존재원리가 개입되어 있음을 부정할 수 없다.

따사로운 양지쪽 바위 밑에 돋아난 한 포기 새싹을 보고 봄이 왔다는 것을 알 수 있다. 봄이라는 계절은 우주의 존재 법칙인데 그 거대한 우주의 힘이 바위틈 풀 한 포기에서도 나타나는 것을 보면, 풀 한 포기 잎새 하나에도 우주의 힘과 주고 받을 수 있는 원리와 에너지를 지니고 있다는 사실을 발견할 수 있다.

나아가 조그마한 씨앗 하나를 땅에 심으면 그 씨앗은 곧장 거대한 지구와 주고 받으며 싹을 틔우고, 그 새싹은 저 거대한 태양과 상대성을 띠고 조화를 이루며 우주의 에너지를 제 것으로 소화해 나간다. 그렇기 때문에 지극히 작은 생명을 우주적인 가치로 볼 수 있을 때 인생의 철이 들고, 인생의 눈이 열리는 것이다. 그래서 이상과 관념은 우주적으로 하고, 생활은 지역적이며 가정적인 것 속에서 우주를 발견하고 살아야 된다.

그렇기 때문에 혜안慧眼을 가진 사람은 모든 것을 입체적으로 봐서 그 속에 우주적인 진리를 찾아내지만 육안肉眼만을 가진 사람은 입체적인 것도 평면적으로 보게 되어 모든 것을 놓치고 마는 것이다.

때문에와 덕분에

무능력하고 무책임한 자는 '때문에'라고 하지만 책임의식이 강한 능력 있는 사람은 '…덕분에'라고 말한다.

촛불은 바람 '때문에' 꺼지지만, 겨울 산불은 바람 '덕분에' 더 타오른다. 뿌리가 얕은 나무는 태풍 때문에 뽑혀 버리고 가뭄 때문에 말라 버리지만, 뿌리 깊은 나무는 태풍과 가뭄 덕분에 더 강해지는 것이다.

대부분의 사람은 전쟁 때문에 망하거나 굶주리지만 특별한 이는 전쟁 덕분에 돈도 벌고 출세한다. 특히 나름대로의 뜻을 세우고 사는 사람이 때문에가 많아지면서 세운 뜻이 무너지기 시작하는 것이다. 그럴 때마다 내가 세운 뜻을 흔드는 상황 덕분에 뜻에 대한 중심이 더 확고해져야 하는 것이다.

애국심이 투철한 이는 박해와 고문이 진할수록 애국심이 투철해지고 그렇지 못한 이는 고문이 진할수록 애국심이 약해진다. 약한 사람은 세균 때문에 병을 얻지만 건강한 사람은 세균 덕분에 저항력이 더 강해진다.

228

내가 청소년이었을 때 나의 맏형은 나를 공부하게 하려고 일부러 모질게 대했다. 그 때는 형님 때문에 힘들었지만 지금 생각하면 형님 덕분에 이만큼이라도 산다는 생각에 참 감사하다.

누구든지 어려운 위기 상황에서는 그것 때문에 고통스럽지만 그 위기를 잘 넘기고 나면 그 위기 덕분에 자신의 삶이 더 풍요로와 졌음을 발견할 것이다.

자신의 현실을 두고 '…때문에'라고 생각하면 원망이 늘지만 '…덕분에'라고 생각하면 감사함이 많아진다. 특히 도道의 길을 가는 사람들은 모든 것을 '덕분에'라고 생각할 수 있어야 하지 않겠는가? 때로는 부정적인 상황이었을지라도 덕분에 라는 감정을 유발해낸 것이 현자들의 삶이었다.

누구나 결과를 보고 평가하기는 쉽다.

득도得道한 이를 존경하기는 쉬워도 득도의 과정을 따라서 해보라고 하면 엄두를 내지 못하는 것은 그 과정이 모진 인고의 연속이기 때문이다. 그러므로 만들어서 덕분에 라고 할 것은 없지만 주어진 여건을 두고 덕분에 라고 생각할 수만 있다면 반은 득도한 셈이지……

진리란 삶에서 얻어질 때 비로소 생명력을 갖는 것이지 책 속에서 얻어지는 진리는 막연한 이상주의가 될 가능성이 많은 법이니까……

사랑이라는 신념이 있었으면

사랑은 이성적인 판단에 의한 것이 아니다.
생명의 법칙이며
작용이기 때문에 이성을 넘어선다.

이웃집 아주머니가 아이에게 밥을 먹이고 있다. 아이는 먹을 마음이 없는지 도대체 관심이 없다. 몇 번을 시도했는데도 아이가 내키지 않아 하자 '치워!' 하면서 포기해 버린다.

얼마 후 아이의 엄마가 왔으나 엄마라고 별 수 있으랴. 아이는 엄마의 권유에도 별무반응이다. 그러나 엄마는 밥그릇을 들고 따라 다니면서 아이를 귀찮게(?) 하다시피 한다. 결국 극성스러운 씨름(?) 끝에 밥그릇을 다 비웠다. 도대체 포기를 모르는 것이 엄마의 사랑이다.

글을 쓰는 필자의 마음도 아마 아줌마 같은 동정심으로 사람을 대하고 있나보다. 그러지 않고서야 어찌 이리 쉽사리 포기할 수 있을까?

내가 믿는 신神은 도대체 포기를 모르는 사랑을 하고 있는 것 같다. 인간은 태초로부터 신을 불신하는 것이 일종의 버릇이며 혈통적인 흐름이었다. 그러나 신은 포기를 모르는 사랑으로 인간의 마음을 찾아왔던 것이다. 그래서 인간세계에도 포기를 모르는 이웃 사랑에 몰두하는 이가 있었으니 신은 그를 일컬어 독생자라는 이름으로 기념했다.

사랑이라면 포기가 있을 수 없다. 사랑이라는 이름으로 포기를 한다면 그것은 사랑이 아니다. 사랑이라는 것은 하나됨을 의미하는 바 포기란 곧 나를 포기하는 것과 같은 것이기 때문에 포기를 할 수 없는 것이다.

나를 포기할 수 있는가? 간혹 자신의 목숨을 스스로 끊는 이도 있지만 그것 역시 자신을 진정으로 사랑하지 않았기 때문이다. 자신을 진정으로 사랑했다면 자신을 포기할 수 없는 것이다.

사람이 산다는 것은 사랑을 배워 가는 것이라고 할 수 있다.

내가 사랑할 수 있는 영역이 넓을수록 그것이 내 삶의 무게이고, 폭이다. 동물들은 삶의 영역을 단순히 생존에 그 의미를 두고 있다. 그래서 먹이 사슬의 상위계급일수록 그 영역은 넓어진다. 그러나 아무리 큰 동물이라도 그 영역은 유한한 지역과 한시적일 수밖에 없다. 그러나 사랑의 영역은 도대체 한계가 없다. 이승인가 했더니 저승도 사랑의 영역이고, 오늘인가 했더니 어제와 내일도 내 사랑의 영역이다. 도대체 시간과 공간의 영역으로 규정지을 수 없는 영원과 무한이 사랑의 영역이다. 그래서 내가 산다는 것은 사랑의 영역을 넓혀 가는 데 있다고 할 수 있다.

예수는 대상의 반응과 상관 없이 사랑 그 자체였다. 호흡은 환경과 상관 없이 행하는 일종의 작용이며 법칙이다. 먼지구덩이 속에서도 호흡을 하는 것은 생명의 작용 때문이듯이 사랑도 그러한 것이다. 참된 사랑은 생명의 작용이요, 법칙이다. 그래서 예수는 사랑을 할만한 대상이 아닌데도 사랑할 수 있었던 것이다.

자식을 향한 엄마의 사랑 역시 그렇다.

사랑은 이성적인 판단에 의한 것이 아니다. 생명의 법칙이며 작용이기 때문에 이성을 넘어선다.

물에 빠진 아이를 구하기 위하여 뛰어드는 엄마는 자신이 수영을 할 줄 모르는 것에 대하여서는 생각할 겨를도 없다. 이렇게 사랑은 그냥 작용 그 자체이다. 사랑의 감정에 따라 피와 세포가 작용하기 때문에 자신의 생사마저도 넘어설 수 있는 것이다.

자석은 어떠한 상황에서도 플러스(+)와 마이너스(–)가 서로 작용하는 것은 불변의 법칙이기 때문이다. 법칙의 불변성을 의미하는 것이다. 존재는 변하지만 존재를 존재케 하는 법칙은 불변이다. 그래서 불변이란 변화의 연속 속에 내재한 법칙의 불변을 의미하는 것이다.

사랑 역시 그러한 것이다. 사랑은 생명 속에 내재하는 일종의 법칙이다. 생명이란 시간과 더불어 변화하지만 그 생명 속에 내재한 사랑은 불변의 연속이다. 그러한 사랑이 나의 신념이었으면 좋겠다.

인간은 분명한 목적을 가지고 살게 되어 있는데,
그 목적은 바로 무엇인가를 위하여
희생하며 살아야 한다는 사실이다.

인간의 비극은 시간을 무의미하게 보낸다는 데 있다. 흘러가는 시간 속에 자신의 심령을 성장시키고 발전시켜야 될 텐데, 그렇지 못하고 시간만 흘려보내므로 자신이 태어날 때 그 모습 그대로 일생을 허비하며 사는 것이 인간의 비극이다. 돈의 낭비는 조금 낭비지만 시간의 낭비는 주어진 생명의 낭비이다. 낭비한 돈은 다시 찾을 수 있지만 낭비한 시간은 다시 찾을 수 없기 때문에 큰 비극이다.

인간에 비하면 만물은 흘러가는 시간을 그냥 흘러 보내지 않고 봄이 되면 싹을 틔우고, 가을이 되면 열매를 맺는다. 곡식은 곡식대로 잡초는 잡초대로 모두가 시간과 더불어 제 책임을 해서 열매를 맺는 것을 보면서 머리를 굴리며 사는 인간보다 낫다는 생각을 하게 된다. 공부를 열심히 하는 학생은 흘러가는 시간을 제 것으로 활용하여 실력이라는 열매를 맺지만 공부를 열심히 하지 않은 학생은 흘러가는 시간을 제 것으로 붙잡지 못하고 지나고 난 뒤에 아쉬워하고 후회한다.

365일, 한 해를 되돌아보면 시간의 공백이 많았음을 확인하게 되고, 그 때문에 가슴 아파한다. 1년을 시간으로 계산하면 약 8760시간이나 되는데 그 많은 시간들을 누구를 위하여 보내고, 무엇을 하며 보냈는가를 생각해 보면 자랑보다 후회가 더 많다. 이는 한해를 잘못 살았음을 스스로 자인함이다.

이렇게 1년을 두고도 희비가 엇갈리는데 일생을 두고 체크한다면 과연 어떠할까? 우리는 하루 속에 1년이 있고, 1년 속에 일생이 있으며, 일생 속에 영생이 함축되어 있기 때문에 지금을 곧 영생의 가치와 연결시켜 생각하면서 살아가야 되겠다.

인생을 어떻게 살았는가를 나눈다면 플러스(선한) 인생과 제로(악하지 않은)인생과 마이너스(악한) 인생 등 세 가지의 유형으로 구분할 수 있다.

첫째로 선한 인생은 일생을 가치롭게 보낸 시간이 더 많은 사람이다. 의義의 수준이 놓은 사람일수록 가치롭고 보람된 시간을 많이 소유한 사람이다. 애국자나 충신은 일생을 되돌아보면 돌아볼 가치가 있고 돌아볼 내용을 가진 인생이기 때문에 죽은 후에도 환영을 받고 대접을 받는다.

둘째로 악하지 않은 인생은 평범한 인생으로서 남에게 이익도 손해도 끼치지 않은, 그야말로 양심적인 사람을 의미한다. 그러한 사람은 후회는 없으나 보람도 없는 인생이다. 인간은 분명한 목적을 가지고 살게 되어 있는데, 그 목적은 바로 무엇인가를 위하여 희생하며 살아야 한다는 사실이다. 자기 자신이나 자기 가정만을 위하여 살았다면 그 인생은 분명 잘못 산 인생이 될 것이고, 그러한 사람은 영계에 가더라도 지상에 대한 미련이 많을 수밖에 없다. 지상에서 인생을 잘못 살수록 죽는 순간 다시 지상에 재림하여야 할 필요성을 간절히 느끼고, 그 필요성 때문에 한恨이 맺히게 되는 것이다.

셋째로 악한 인생은 죄를 지으면서 살다 간 인생으로서 남에게 손해를 끼치며 자기의 이익을 취한 인생이다. 지상에서의 사약死藥은 먹고 죽는 극약이지만 영계에서의 사약은 자기의 유익을 위하여 남을 해친 악한 삶이다. 이러한 인생은 허무와 후회와 탄식만이 가득한 인생이다. 그런 사람은 죽음 앞에 비굴하게 된다.

지상에서 남에게 해롭게 한 사람은 지상에서 갚지 않고 죽으면 그것으로 끝나는 것이 아니라 영계에 가서라도 갚아야 한다. 그런데 지상에서는 간단하게 갚을 길이 있지만 영계에 가면 몸이 없기 때문에 어렵다. 살아 있을 때는 단 한 시간이면 될 일도 영계에서는 몇 십 년이 걸릴 수도 있다는 이야기이다.

　이러한 악한 인생은 죽는 순간에 철든 생각을 하게 된다. 철이 든 사람은 선하게 살고, 솔직하게 살며, 남을 위하여 산다. 그런데 세상에서 악하게 살던 사람들은 죽음 앞에 와서야 경건해지고, 솔직해지며, 진실해진다. 그러나 그 때는 이미 늦다. 한 순간의 반성으로 허무로 가득찬 일생이 보상될 수 있다면 얼마나 좋을까만 인생은 그렇게 단순한 것이 아니다.

　반면에 살아서 일찍 철이 든 사람은 참으로 복된 인생이다. 살아서 진실을 가치 있게 여기고, 착하고 위하여 사는 것을 삶의 전부로 여기고 하루하루를 보람되게 살았다면 그 사람은 살아서 철이 든 생활을 했기 때문에 영계에서도 환영받게 되어 있다.

　우리는 죽는 자리에서 철이 드는 망한 인생을 살지 말고 한 살이라도 젊었을 때 철이 들어서 인생을 가치 있게 살아야 되겠다. 시간을 보람되고 유익하게 보내야 되겠다.

자신의 실존이 영혼이라는 자각을 한다는 것은 쉬운 일이 아니다.
인간이 본연지심本然之心을 잃어버려 육肉의 나에게 노예가 되므로
영靈의 나를 잃어버렸다.

상賞이라는 것은 본래 다수에게 유익한 일을 한 사람에게 그 보답의 증표로 주는 것이므로 좋은 것이다.

상 가운데 노벨상보다 큰 상이 없다. 이 상은 인류에게 공헌한 내용을 인정해서 주는 상이다. 자연과학은 기초과학과 응용과학으로 대별되는데 '기초과학' 분야에만 노벨상이 주어진다. 왜냐하면 기초과학은 신神이 천지를 창조한 법칙과 입자를 '발견' 해 가는 과정이요, 응용과학은 기초과학의 바탕 위에 새롭게 '발명' 해가는 것이기 때문이다.

발견되어진 입자와 법칙은 변하지 않지만 발명되어진 발명품은 변화 발전하는 가변적이다. 그래서 노벨상은 새로운 발견에 대해서 주어진다. 불변의 속성은 신神의 속성이기도 한 것이므로 변하지 않는 자연의 법칙이나 입자에 대한 발견은 신의 신성神性에 대한 발견이기도 한 것이기 때문에 기초과학에 의한 새로운 업적으로서 그만큼 중요하다.

그러나 존재에 대한 새로운 발견과 발명이 위대하다 하더라도 자기 자신에 대한 차아의 발견보다 소중한 것이 있을까? 사물에 대한 발견은 나 아닌 남이 발견하기도 하지만 자기 자신에 대한 발견은 본인이 아니면 발견할 길이 없기 때문에 그만큼 자기발견은 소중한 것이다.

아인슈타인 같은 위대한 학자도 물리物理에 대한 눈은 떴지만 자기 자신에 대한 성찰을 말한 것은 없는 것으로 봐서 자아에 눈을 뜬 흔적이 없다. 인류의 성자로서 예수나 부처는 물리에 대하여서는 무학이었으나 자아에 대한 확고한 발견을 통하여 인류로 하여금 자신의 존재에 대하여 눈을 뜰 수 있도록 그 길을 모색해주었기 때문에 위대한 성인인 것이다. 그러므로 그 분들을 통하여 인류는 자아성찰로 자기발견을 도모해야 한다.

자신의 실존이 영혼이라는 자각을 한다는 것은 쉬운 일이 아니다. 인간이 본연지심本然之心을 잃어버려 육肉의 나에게 노예가 되므로 영靈의 나를 잃어버렸다. 그래서 구도救道의 길은 나를 찾아가는 길이므로 나를 찾은 것은 새로운 입자와 법칙의 발견 이상의 발견이므로 이 세상에서 주는 모든 상 위에 있는 상이다.

그렇다면 자신을 발견한 후 어떻게 해야 하는가? 물리의 세계는 새롭게 발견된 입자와 법칙(기초과학)으로 새로운 사회 환경을 창조(응용과학)해 가듯이, 인간도 발견된 자아를 발명(?) 개발해 가야하는데 그것을 자기완성이라고 말한다. 즉 자신의 인격을 스스로 창조해가야 한다는 말이다.

　그런 의미에서 자연과학과 인문과학은 차이가 있는 것이다. 자연과학은 응용과학보다 기초과학에 더 큰 비중을 두기 때문에 노벨상이 기초과학 분야에 주어지지만, 인문과학 분야인 인간의 심령의 문제는 그 궤가 다르다고 볼 수 있다.

　나의 실존에 대한 발견은 타인 즉 성인聖人에 의하여 자각自覺에 이르도록 깨쳐질 수 있다. 즉 발심發心은 누군가가 해줄 수 있다는 말이다. 그러나 발심된 마음을 뿌리 내리게 해서 자기완성의 길을 가는 것은 스스로의 노력에 의해서만 성취될 수 있기 때문에 발견보다 발명(?)에 더 큰 비중을 둘 수밖에 없는 것이다.

　사람이 사물을 발명하는 것이 아니라 자기 자신을 새롭게 찾아 발명(?)해야 하는데 그것은 자신의 인격과 사랑이다. 인격과 사랑은 스스로 창조해야 하는바 그것은 진리를 통한 삶을 자양분으로 해서 창조되어 가는 것이다. 만약에 그런 사람이 있다면 그는 자신의 인격과 사랑을 발명한(?) 위대한 사람이기 때문에 노벨상 위에 존재하는 위대한 자아발견이라는 자기발명가이다.

　그러한 의미에서 자아발견을 통한 자아완성이라는 상이 주어지는 시대가 도래하리라 믿는다.

운명은 반드시 있다

가야하는 운명을 가지 못하게 가로막거나 붙잡으면
화禍禍를 당하게 되어 있고,
와야 할 인연을 가로막으면
그 인연에 밟히게 되어 있는 것이 이치다.

오고 감이나 만나고 헤어짐이나 죽고 삶이나 생사화복生死禍福이 다 운명運命이다. 계절이 오고 감이나 밤과 낮이 바뀌는 것을 인력으로 어쩔 수 없듯이 인생 역시 그렇다.

태어날 때 계획을 가지고 태어나지 않은 것처럼 죽음도 계획이 없이 다가온다. 더 자고 싶어도 아침은 오고, 더 살고 싶어도 죽음이 다가온다. 그냥 우주의 흐름을 따라 순종할 뿐이다.

딸 하나를 둔 존경하는 선배가 어렵게 아들을 얻었다. 그런데 그 귀한 아들을 자식이 없는 가정에 입양시켰다. 어떻게 그럴 수 있는가? 사건 그 자체를 놓고 보면 도대체 있을 수 없는 일이다. 혹자는 미쳤다고 질책도 했을 것이고, 혹자는 대단한 신앙이라고도 했을 것이다. 그게 어찌 대단한(?) 이성理性으로 할 수 있는 일이겠으며 대단한 신앙심으로 할 수 있는 일인가? 그것은 이성 너머의 일이고, 신앙 너머의 일이다.

이성적이라면 계산되고 이해되는 범주여야 하는데 하나 밖에 없는 아들을 남에게 주는 것이 이성의 범주에 들어가 겠는가? 신앙의 범주도 자식을 포기하는 것은 지나친 처사다. 물론 순교하는 이도 있지만 그것은 순교를 할 만한 분위기와 상황이 고조되었을 때의 말이다. 그러나 자식을 남에게 주는 상황은 아주 멀쩡한 상황과 일반적이고 보편 적인 정신이었다. 그런데 어찌 그럴 수 있었을까?

그것은 운명일 게다. 아마 모르긴 해도 그 아이의 사주四柱를 짚어보면 틀림없이 부모와 생이별을 해야 할 운명을 타고났을 것이다.

내 돈이 될 돈은 반드시 내 손으로 들어오게 되어 있고, 내 돈이 안 될 돈은 기어코 흘러가게 되어 있다. 때가 되면 계절은 반드시 가고 온다. 잠에 취해 있어도 아침이 오듯 이 올 것은 아무리 가로막 아도 오게 되어 있고, 갈 것은 아무리 붙잡아도 가게 되어 있다.

가야하는 운 명을 가지 못하 게 가로막거나 붙잡으면 화禍를 당 하게 되어 있고, 와야 할

인연을 가로막으면 그 인연에 밟히게 되어 있는 것이 이치다.

피부 색깔이나 얼굴 모양 혹은 발가락의 생김새 같은 모양만 타고나는가, 보이지 않는 운명도 타고나는 것이다. 보이는 모양만 모양이라는 생각을 하지 마라. 보이지 않는 운명의 모양은 더 중요한 것이다.

탤런트들이 방송국에서 연기한 것이 안방까지 전송되는 과정은 무형의 파장이다. 유형이 무형으로 전송되어서 다시금 브라운관 속에서 유형으로 현상화되듯이, 무형의 운명이 현실적인 삶으로 구체화되는 것이 인생이다.

아마 그 선배가 그 아이를 붙들었으면 어떻게 되었을지는 알 수 없다. 그러나 주므로 영원한 내 자식이 되었고, 그 자식을 받아 기르는 그 부부마저도 내 자식이 된 것이다. 물건은 주고도 세월이 지나면 잊을 수도 있겠지만 자식을 어떻게 잊을 수 있겠는가? 줘도 준 것이 아니지……. 그래서 하나를 줘서 셋을 얻은 것이다.

나는 아이가 셋이면서도 남에게 주지 못했다. 그것은 신앙 너머의 문제이기 때문이다. 즉 주지 못하는 것이 내 운명이기 때문이다. 그 선배는 그 일이 있은 후 또다시 득남을 했다. 모든 이에게 하늘이 무심치 않다는 생각을 하게 하는 귀한 사건이었다. 모든 게 운명이랄 수밖에 없다.

마음은 언제 흐려지는가?
탐욕에 의한 이기利己적인 자리에 서면
마음이 오염되기 시작한다.

마음의 본질은 정情으로서 정이라는 글자 자체가 마음(心)＋맑음(靑)의 합성어로서 마음(心)이 맑아야(靑)함을 의미한다. 마음이 맑은 사람은 정이 맑은 사람이다.

정이 맑으려면 누군가를 위하여 살아야 한다. 타인을 위하는 자리에 서면 그 순간 마음이 맑아짐을 느낀다. 이타利他적인 삶은 마음의 산소같은 것이다.

살아 있는 물이 되려면 산소가 공급되어야 한다. 산소가 제대로 공급되는 물은 절대로 썩지 않는다. 흐르는 물이 썩지 않을 뿐 아니라 탁월한 자정능력을 갖는 것은 움직임을 통하여 산소가 공급되기 때문이다. 정지해 있는 물도 산소만 제대로 공급해주면 살아난다.

맑은 물에는 익충益蟲이 살고, 죽은 물에는 해충害蟲이 산다. 마찬가지로 정이 맑은 마음은 선善한 인연을 만들어 가지만 정이 오염되면 악惡한 인연을 갖게 된다.

그렇다면 정이라는 것은 단순히 관념적인 것이기만 한 것인가?

그렇지 않다. 정이 맑아지면 씨(米)가 맑아지는(青) 것이기 때문에 정자精子라고 하는 것이다. 정情이 정精을 창조하는 원동력이기 때문에 맑은 정情을 가지려고 노력해야 할 이유가 여기에 있는 것이다.

정기精氣라는 것은 정情에 의하여 형성되는 것이다. 자연을 보더라도 기氣가 체體를 만들지 않는가? 지수화풍地水火風 즉 지기地氣, 수기水氣, 화기火氣, 풍기風氣에 의하여 실체實體가 창조되는 것이다.

액液과 고固에만 체體가 있는 것이 아니라 기에도 체가 있기 때문에 기체氣體라고 한다. 무색, 무미, 무취의 기에 의하여 유색, 유미, 유취의 체가 창조되기 때문에 무형의 기가 중요한 것이다. 무형無形이라고 할 때 형形이 없다(無)는 의미보다 무無도 형形이 있다는 말이다. 그래서 정기라는 무형의 기에 의하여 유형有形의 자子라는 실체가 형성되기 때문에 맑은(青) 마음(心)이라는 정情을 가져야 하는 것이다.

마음은 언제 흐려지는가?

탐욕에 의한 이기利己적인 자리에 서면 마음이 오염되기 시작한다. 타인을 미워하거나 불신하게 되면 마음이 흐려지게 된다. 반대로 이타적인 마음을 품는 순간 마음은 맑아지고, 용서하고 사랑하면 마음이 맑아진다. 마음은 순식간에 어두워지는가 하면 밝아질 수 있고, 밝아지는가 하면 탁해질 수도 있다. 그래서 마음먹기에 달렸다고 하는 것이다.

태양빛이 아무리 강해도 먹구름을 뚫지 못한다. 언뜻 보면 먹구름이 이긴 것 같지만 그것도 먹구름 밑에 있는 인간의 착각일 뿐 그 너머의 태양빛이 먹구름마저도 감싸고 있는 것을 알아야 한다.

세상을 뒤덮고 있는 것은 이기적인 마음의 먹구름이지만 그 마음의 본질은 맑고 깨끗한 정을 바탕으로 하고 있으니, 마음만 고쳐 먹으면 이내 맑은(靑) 마음(心)을 되찾을 수 있는 것이다.

인간들이 추구하는 항구적인 마음의 세계는 맑은(靑) 마음(心)인 정情으로 맑은靑 씨米를 결실한 정精을 가지고 훌륭한 자식子를 창조해내는 세계가 되어야 할 것이다.

처음 먹는 첫 마음

몸이 편하면 마음이 힘들고,
내 몸이 조금 힘들면 마음이 편해옴은 누구나 느끼는 바이다.
그럴 때마다 몸의 짐보다 마음의 짐이 더 무겁다는 것을 느낀다.

복잡한 지하철이나 시내버스에 오르면서 빈 자리를 찾느라 두리번거리는 눈빛들……. 어쩌다 경쟁(?) 끝에 한 자리 차지하고 앉았는데 그 다음 구역에서 자리를 비켜 드려야 할 만한 노인이 승차했을 때 드는 첫 마음, '비켜 드려야지……' 그리고 연이어 드는 두 번째 마음은 '저쪽으로 가셨으면 좋겠다. 다른 사람이 양보했으면 좋겠다'이다. 그러나 불행하게도(?) 내 곁으로 오시면 몸보다 마음이 무거워 옴을 느낀다.

그 노인이 내 가까이 오셨을 때 첫 마음대로 일어서서 자리를 양보하면 금방 마음의 짐을 벗는데 첫 마음을 무시하고 앉아 있으면 마음은 점점 무거워져 온다. 전혀 잘못한 게 없는데도 마음의 압력을 받으면서 앉아있기가 바늘방석이다. 그것도 일어설 시기를 놓치게 되면 양보를 하면서도 부끄러움을 느껴야 한다.

몸이 편하면 마음이 힘들고, 내 몸이 조금 힘들면 마음이 편해옴은 누구나 느끼는 바이다. 그럴 때마다 몸의 짐보다 마음의 짐이 더 무겁다는 것을 느낀다.

운전을 하면서 조금이라도 교통법규를 위반하면 드는 첫마음이 '이러면 안 되는데……'이고, 두 번째 드는 마음이 '에라 모르겠다.'이다.

고급 차를 타는 사람도 교통법규를 어겨서 단속 경관에게 붙잡히면 비굴한 미소를 짓는 것은 비단 돈이 없거나 아까워서가 아니라 자신의 첫 마음을 유린한 데 대한 부끄러움의 표현일 것이다. 아무리 나쁜 사람도 그의 첫 마음은 깨끗하고 순결한 법이다.

도둑이 남의 담을 넘으면서 두리번두리번 하는 것은 '이러면 안 되는데……' 하는 자신의 첫 마음이 넘어 가려는 둘째 마음을 공격하기 때문이다.

지혜로운 자는 첫 마음을 길러서 눈에 보이지 않는 자신의 인격을 관리하느라 밤잠을 설치지만, 어리석은 자는 둘째 마음에 따라 눈에 보이는 자신의 재산을 관리하느라 밤잠을 설치게 된다. 그래서 종교라는 것도 첫 마음으로 자신을 주관할 수 있는 주관성을 기르기 위한 가르침이다.

'나중을 처음같이' 하는 지혜로운 사람은 언제나 성공하는 법이다.

주관하는 것과 주관 받는 것

살아가면서 해야 할 일을 놓고
'…때문에' 못한다거나 어렵다는 말을 하는 사람,
또는 실패한 사람은
결코 그 환경 때문이 아니라 자기자신 때문에 못하는 것이다.

초가삼간에 불이 붙었는데 불행히도 바람이 불어서 불길을 잡지 못하고 다 타버리면 바람 때문에 불을 끌 수 없었다고 한다. 그런데 바람이 불어서 촛불이 꺼지면 바람 때문인가, 불 때문인가? 불도 불다우면 바람의 도움을 받아서 초가삼간을 태우지만, 불이 불답지 못하면 바람에 주관받아서 꺼져 버리는 것이다. 그것은 바람이 다른 것이 아니라 불이 달랐던 것이다.

살아가면서 해야 할 일을 놓고 '…때문에' 못한다거나 어렵다는 말을 하는 사람, 또는 실패한 사람은 결코 그 환경 때문이 아니라 자기 자신 때문에 못하는 것이다. 반면에 성공한 사람은 '그럼에도 불구하고' 했기 때문에 성공할 수 있었던 것이다.

고기가 물이 없으면 살 수 없지만 그렇다고 물의 흐름에 주관받지는 않는다. 그러나 죽은 고기는 물의 흐름에 100% 주관 받는다. 나는 새도 공기가 없으면 날 수 없지만 바람의 방향에 주관받지는 않는다. 마찬가지로 올바른 의식을 가진 사람은 환경에 주관받지 않고 모든 환경을 자신을 비약시키는 조건으로 이용하는 것이다.

그렇다면 지금 '나와 환경' 은 어떤 관계인가?

좋은 날일수록 이웃의 슬픔도 생각하자

부모님이 계시지 않는 고향을 찾는 마음은 어떨까?
조상의 산소에 성묘나 하겠다고 설레는 마음으로
몇 백 리, 밀리고 밀리는 길을 찾아갈까?
모르긴 해도 그 때는 큰 의무감으로 찾아가기가 십상일 것이다.

"아이고! 내 강아지 왔나?"

늙은 노모가 손자를 본 첫마디다.

고속도로가 주차장화 되는 줄 뻔히 알면서도 서둘러 집을 나선다. 아이들은 그러한 어려움은 아랑곳없이 오랜만에 시골 할머니댁에 가는 재미, 고속도로 휴게소에 들러서 쇼핑하는 대단한(?) 재미 때문에 며칠 전부터 손꼽아 기다린다. 막히지 않으면 오히려 이상한 도로사정이건만 혹시나 하고 라디오 다이얼을 맞추며 전국의 교통방송에 귀 기울이는 부질없는 짓을 하면서 고향으로 향한다.

전국에서 이천 만 명이 넘는 민족 대이동이란다. 그런데 왜들 너나없이 이러한 고행을 사서 할까?

그것은 아마 뿌리를 찾아가는 본심의 발로가 아닌가 생각된다. 고향이라는 공간적인 뿌리, 조상이라는 혈통적인 뿌리, 부모님이라는 정情의 뿌리를 찾아가는 것이다.

그 중에서도 제일은 정의 뿌리인 부모님을 찾아가는 것일 텐데 훗날 부모님이 계시지 않는 고향을 찾는 마음은 어떨까? 조상의 산소에 성묘나 하겠다고 설레는 마음으로 몇 백 리, 밀리고 밀리는 길을 찾아갈까? 모르긴 해도 그 때는 큰 의무감으로 찾아가기가 십상일 것이다.

부모님이 계시지 않는 고향은 아득한 추억 속의 고향으로 남아지기 쉬우리라는 생각에 미치니 아직은 부모님이 살아계신 것이 얼마나 다행스러운지 모르겠다.

배고프던 옛날과는 달리 이제는 별무맛인 떡이나 나물들을 해놓고 새끼(?)들 먹이겠다고 기다리고 계시는 부모님이 있어서 좋다. 돈으로 치면 몇 푼 되지도 않는 것을 자식들에게 주겠다고 고추랑 마늘이랑 쌀이랑 봉지봉지 챙겨주시는 부모가 있어서 좋다. 얼마의 용돈으로 기뻐하는 손자들을 보고 흐뭇해 하시는 부모님의 얼굴을 볼 수 있어서 좋다.

돌아올 때 빼놓지 않고 당부하시는 말씀,

"차 조심해레이~."

부질없는 말인데도 부질없게 들리지 않는 부모님의 목소리를 들으며 올 수 있는, 그런 고향이 있어서 좋다.

그러나 우리가 즐거운 고향을 찾는 순간, 공간적인 고향을 잃고 향수에 젖어 있을 실향민들, 정의 고향을 잃고 외롭게 지낼 소년 소녀 가장들, 찾아올 자식도 없는데 문 열어 놓고 넋을 잃고 앉아 있을 무의탁 노인들……

가을 저녁 을씨년스러운 바람소리는 그들의 한숨소리가 아닐른지……

좋은 날일수록 더욱더 슬퍼지는 이웃이 있음을 잊지않는 명절이 되었으면 좋겠다.

천국은 밖에 있지 않고 내 안에 있다

어리석은 중생들은 자기 속에 있는 천국을 찾지 못하고,
자기가 믿는 종교 너머에 있는 줄 알고
종교에만 매달리고 있으니
딱한 일이다.

어리석은 사람은 자기 밖에서 천국을 찾지만, 지혜로운 자는 자기 안에 있는 천국을 찾는다.

생명이라는 것은 본래의 씨가 품고 있는 것이지, 자연 환경이 가지고 있는 것이 아니다. 나무의 잎이나 가지, 줄기, 뿌리와 같은 것의 설계도는 이미 씨앗 속에 들어 있던 것이지, 밖에서 집어넣은 것이 아니다. 다만 온도와 습도가 씨앗을 자극하니까 잠재해 있던 생명이 약동한 것 뿐이다.

마찬가지로 종교에서 말하는 천국(극락)이라는 것도 자기 아닌 다른 공간에 있는 것이 아니라 결국 내안에 있는 것이다.

사람들이 종교의 경전에서 가르치는 진리를 접하면 공감하고 감동받는 것도 진리를 소리로 들어서 감동한 것이 아니라 자기 속에 잠재해 있던 진리가 공명되었기 때문이다. 즉 자기 속에 죽은 듯이 잠자고 있던 생명이 되살아났다는 말이다.

종메로 범종을 쳐서 나는 웅장한 소리는 범종 밖에서 들어간 것이 아니다. 이미 범종이 그 소리를 품고 있었는데

252

쳐주는 물리적 자극이 없어서 소리가 나지 않았을 뿐이다.

성현들이 위대하다는 것은 자기 속에 있는 천국이나 극락을 찾아내어서 천국의 마음생활을 했다는 것이고, 중생들에게 그러한 천국을 일깨워줬다는 사실이다. 그런데도 어리석은 중생들은 자기 속에 있는 천국을 찾지 못하고, 자기가 믿는 종교 너머에 있는 줄 알고 종교에만 매달리고 있으니 딱한 일이다. 종메로 종을 쳐서 종소리가 나니 종메를 쳐다보고 놀라거나 우주공간을 쳐다보는 것과 같은 것이다.

모든 것은 자기 속에 있었던 것이지 밖에서 들어간 것이 아니다. 자주색 나팔꽃 색깔이 이미 씨앗 속에 있었고, 화가의 그림이 화가의 머리 속에 있었던 것처럼……

그러므로 자기 속에 있는 천국의 요소가 자기 밖에 있는 천국의 조건과 일치되게 될 때 사람은 천국의 환희를 경험할 수 있는 것이다. 이를테면 자기 속에 있는 선한 마음이 선한 대상이나 환경을 만나면 반가운 것도 이와같은 이치다.

천국이란 이것을 하면서 저것이 생각나지 않고, 여기 있으면서 저기가 생각나지 않는 곳이라고 할 수 있는데, 그것은 반드시 선善을 전제로 할 때 그렇다.

사람은 누구나 상식에 어긋난 행동을 하면 마음이 불안하고, 주위가 의식되며, 사후事後에도 마음이 편하지 않다. 반면에 선한 행동을 하면 떳떳하고, 자랑스러움을 느끼게 되고, 사후에도 전혀 거리낌이 없는데, 전자는 지옥의 축소판이고 후자는 천국 생활의 축소판이다.

그러므로 천국과 지옥은 지극히 사소한 내 삶의 감정과 현장에서 좌우되는 것이지 거대한 종교나 전통 같은 것으로 좌우되는 것이 아니다.

성현들의 가르침을 보라. 얼마나 섬세하며 평범한가? 우리가 흔히 지나쳐 버릴 사소한 손짓과 발짓, 그래서 진리는 세수할 때 코를 만지는 것처럼 쉬운 것이라고 했다. 이처럼 천국天國은 천심天心에서 출발하는 것이지 국가나 종교라는 외적 단위에서 출발하는 것이 아니다. 그래서 성인들이 중생들의 마음을 가르치는 데 주력했던 것이다.

나를 버려 두고 다른 데 눈을 돌리지 말라.

마음의 눈으로 자기를 바로 볼 수 있을 때 직관直觀이 천국의 모습을 드러내는 것이다.

복의 씨를 심자

신앙은 복을 심는 행위라고 할 수 있다.

오늘의 행위가 내일의 복이 되고, 영계靈界에서 영원히 복을 받을 수 있는 선을 심는 것이 신앙이라고 할 수 있다. 지혜로운 자는 복의 씨를 '심으려고' 애쓰고, 어리석은 자는 복을 '받으려고' 애쓴다. 복의 씨를 심는 자는 미래에 더 크고 많은 복을 얻게 되지만 복을 받으려고 애쓰는 사람은 자기 당대로 끝나 버리는 것이다.

벼 한 가마니를 심으면 가을에 가서 백 가마니 이상 거두지만, 한 가마니를 까먹으면 한 가마니로 끝나 버리는 것이다. 그렇기 때문에 '먹는 씨'도 중요하지만 그 보다 더 중요한 것이 '심는 씨'이다.

나아가 밥도 '먹는 밥'과 '심는 밥'이 있는데 자기를 위해서 먹는 밥은 한 그릇으로 끝나지만 남에게 먹이는 의로운 밥은 열 그릇으로 발전해서 돌아오는 것이다. 그리고 옷에도 '입는 옷'과 '심는 옷'이 있는데 자기를 위하여 입는 옷은 얼마 가지 않아 헌옷이 되지만 어려운 사람에게 한 벌 입히면 열 벌로 발전해서 돌아오는 것이 심는 옷이다.

특히 돈에도 쓰는 돈과 심는 돈이 있는데 쓰는 돈은 아무리 많이 써도 흘러가는 돈이지만 심는 돈은 열을 쓰고 천을 얻을 수 있다. 자기 자신을 위하여 쓰는 돈은 그야말로 쓰는 돈으로 끝나지만, 공의公義를 위하여 쓰는 돈은 심는 돈으로 감동받게 된다.

돈의 이익을 전제로 해서 쓰는 돈은 '쓰는 돈'으로 끝나지만 애국愛國과 애천愛天과 애인愛人이라는 공의公義를 전제로 하고 쓰는 돈은 쓰는 돈이 아니라 '심는 돈'으로서 천 배 만 배로 불어나는 것이 우주력宇宙力이다.

복의 씨를 심는 데도 작은 씨가 있고 큰 씨가 있는바, 기왕 심으려면 큰 씨를 심어야 한다. 개인적인 씨를 심으면 개인의 복을 받고, 가정적인 씨를 심으면 가정적인 복에 그치지만, 국가와 세계를 걸어놓고 심으면 국가와 세계적인 복과 인연맺게 되는 것이다.

솔씨나 채소씨나 씨를 놓고 보면 그게 그것이지만 미래성을 놓고 보면 천지차이가 나는 것이다. 채소씨는 한 가마니를 심어도 채소만 나올 뿐 집을 지을 수 있는 재목을 얻을 수 있는 나무는 나오지 않는다. 하지만 솔씨는 하나를 심어도 집을 받칠 수 있는 기둥을 얻을 수가 있는 것이다.

마음의 벽

종교는 사랑을 목적으로 믿으면 종교의 벽이 없어지지만,
구원이나 소원성취와 같은 자기 목적을 앞세우면
이내 종교 속에 갇혀서 오도가도 못한다.

이 세상에서 가장 높고 견고한 벽은 마음의 벽이다.

콘크리트 벽이나 철조망 같이 눈에 보이는 벽은 물리력으로 허물 수도 있지만, 마음의 벽은 물리력으로 하면 오히려 더 견고해져서 결코 허물 수 없는 철옹성이 된다. 어른들이 어린아이를 좋아하는 것은 마음의 벽이 없기 때문이고, 어른들끼리 서로 경계하는 것은 마음의 벽을 가지고 대하기 때문이다.

그러면 마음의 벽은 언제 생기는가? 그것은 내가 '이익을 봐야 하고, 이겨야 하며, 올라가야 하는 것' 때문에 생기게 된다. 반대로 마음의 벽은 언제 허물어지는가? 사랑하게 되면 순식간에 무너져내림을 경험한다. 부자지간父子之間에 마음의 벽이 없는 것은 그것이 이해관계가 아니라 사랑의 관계이기 때문이다.

속세에서는 이기고 올라가고 이익을 봐야 하는 경쟁의 관계이지만, 가정에 돌아가면 지고 내려가고 손해보면서도 이기고 올라가고 이익 보는 법을 배운다. 사랑은 내려

가지 않고서는 결코 올라갈 수 없고, 지지 않고서는 이길 수 없으며, 손해 보지 않고서는 이익을 볼 수 없기 때문에 벽이 생길 수가 없다. 특히 사랑은 주지 않고서는 얻을 수 없는 속성이 있다. 이해 관계는 상대보다 내가 나아야 우월감을 느끼지만 사랑하는 관계는 상대방이 나보다 나아야 우월감을 느끼는 법이다.

눈에 보이는 것과 몸을 더 소중히 여기는 사람은 언제나 상대방을 경계하지만, 눈에 보이지 않는 마음을 더 소중히 여기는 사람은 어떻게 하면 상대방을 더 위해 줄 것인가에 관심을 갖기 때문에 있던 벽도 허물어낸다.

종교란 본래 인종의 벽, 국경의 벽, 언어의 벽과 같은 기존의 벽을 허물어 버리려고 있는 것인데, 종교 때문에 또 하나의 벽을 만들어서 스스로 벽 속에 갇혀 버리면 안 된다.

종교는 사랑을 목적으로 믿으면 종교의 벽이 없어지지만, 구원이나 소원성취와 같은 자기 목적을 앞세우면 이내 종교 속에 갇혀서 오도가도 못한다. 종교는 그 자체가 목적이 아니라 더 큰 사랑을 얻기 위한 수단일 뿐이다.

하늘나라에 가면 '무엇을 믿었느냐?' 하는 종파가 문제되는 것이 아니라 '어떻게 살았느냐?'는 삶의 과정이 더 문제된다. 이를 안다면 사랑하고 위하는데 더 심각해야 할 것 같다. 그래서 내 마음도 타인의 마음을 드나드는데 벽을 의식하지 않고, 타인도 내 마음에 자유로이 넘나들 수 있는 사랑의 삶에 주력해야 하겠다.

내 마음 속의 예수나 석가를 찾아간다

예수나 부처의 말들은
삶 속에서 얻어진 보편적인 진리이지
삶의 전제 없이 책상머리에서 만들어진
이성理性의 잔재물이 아니다.

사람들이 종교에 발을 들여 놓는 것은 예수나 석가를 찾기 위한 것이 아니라 내 속에 있는 예수나 석가를 찾아가는 것이다. 사람들은 내 자신의 감정과 삶 속에서 성인과 경전을 찾지 못하고 나 밖에서 찾으므로 성인은 역사적인 인물이 되어버렸고, 경經 역시 골동품이 되어버렸다. 즉 과거완료형의 성인과 경전이 되어버렸다는 말이다.

예수나 부처의 말들은 삶 속에서 얻어진 보편적인 진리이지 삶의 전제 없이 책상머리에서 만들어진 이성理性의 잔재물이 아니다.

종교를 만들고, 종교를 찾고, 종교를 믿는 모든 과정들은 하나같이 내 속에 있는 종교를 찾기 위한 것이다. 이것은 흡사 범종을 만드는 모든 과정은 범종의 모양이 아니라 영혼을 일깨우는 웅장하고 영감어린 소리를 만들어 가는 것과 같고, 악기를 만드는 모든 과정 역시 아름다운 소리를 만들어가는 과정과 같다.

범종의 소리는 이래야 한다는 기준이 세상에 존재하는

가? 그것은 오직 범종을 만드는 이의 마음속에만 존재한다. 그 소리는 만드는 사람 스스로도 설명할 수 없고, 표현할 수도 없는 것이다. 범종을 만들어서 종메로 치는 순간 '이게 아니야!' 혹은 '바로 이 소리야!' 하고 외치는 것이다.

예술을 하는 이는 모두가 다 그렇다. 그림을 처음 배울 때는 그냥 그림을 그리지만 작품다운 작품을 창작하는 경지에 올라가면 자신의 영혼을 담아내는 그림이어야 하는 것처럼…….

그것은 자신도 설명할 수 없는 그 무엇(?)인 것이다. 그리다 보면 어느 순간 '바로 이거야!' 하고 무릎을 치게 되는 것이다.

이것은 신神이 천지를 창조하신 것과도 같은 것이다. 저급한 미물에서부터 자신의 신성神性을 투입해가다가 인간을 창조한 후 비로소 '바로 이거야!' 하고 기뻐하셨던 것이다. 인간 속에 자신의 신성을 완벽하게 담았다는 것이다. 그러므로 인간 역시 자기 속에 내재한 신을 찾아야 한다. 그것은 누구에게 배워서 될 문제가 아니라 어느날 각覺의 세계에 도달해야 하는 것이다. 그러므로 평범한 삶 속에 용해되어 있는 신과 성인의 모습을 찾아가야 한다는 말이다.

진리란 눈에 보이는 사물과 사건 속에서 찾는 것이지 사물 이외의 것에서 얻어지는 것이 아님과 같다.

지옥은 신이 만든 것이 아니다

감옥監獄이라는 말은 폐쇄된 공간에 갇힘을 의미한다. 그러나 아무리 폐쇄된 공간이라 해도 자신의 마음을 가둘 수 있는 공간은 없다. 마음은 시간과 공간 자체를 초월하기 때문이다. 내 몸은 타인이 가두지만 마음은 스스로 자기를 가두게 되는 바 그것이 '미움'이다. 마음속에 미움이나 증오가 있으면 자신이 그 속에 갇히지 않는가? 그리고 지나친 욕심이나 고집을 부리게 되어도 그 속에 자신이 갇히게 된다.

종교에서 말하는 지옥도 자신이 만든 감옥이지 신神이 만든 감옥이 아니다. 남이 만든 감옥이라면 변명을 하거나 반항할 수도 있고 때로는 탈옥도 가능하겠으나 자신이 만든 감옥이기 때문에 자기 스스로 자신을 구하지 않고서는 해방될 길이 없는 것이다. 자신을 옥獄에서 해방시키는 유일한 길은 사랑과 용서다. 미움이 자신을 가둔다면 용서와 사랑은 자신을 해방시키는 것이다.

원수를 만들면 원수라는 감옥에 갇히고, 원수를 사랑하면 그로부터 완전한 해방을 받게 되는 것이다.

몇 해 전 탈옥범脫獄犯으로 인하여 나라가 시끄러웠던 일이 있었다. 결국 그는 도피생활 끝에 잡혀서 다시금 감옥으로 들어가게 되었는데 그가 잡히면서 한 말은 '이제 편하게 잠을 잘 수 있겠다' 는 것이었다.

그는 탈옥을 해서 몸은 자유롭게 다녔지만 마음은 한 순간도 편하지 않았던 것이다. 거리마다 붙어 있는 자신의 지명수배 전단을 보면서 얼마나 불안 속에 떨었겠는가?

차라리 잡히므로 말미암아 그런 불안은 없어진 것이다. 탈옥을 하는 순간 몸은 자유를 얻었지만 마음은 교도소보다 더 답답한 감옥에 갇혔었다는 말이다. 그래서 창살이 없는 감옥이 더 참혹한 것이다.

흔히 저승은 시간과 공간을 초월하기 때문에 자유롭다고 말하지만 꼭 그렇지만은 않다. 증오와 한恨을 가슴에 안고 가면 그 세계가 더 부자유스러운 것이다.

죄 없이 감옥에 들어간 의인義人은 감옥을 자기 마음속에 담아서 소화시켜 버리기 때문에 마음은 자유롭지만, 죄인이면서도 속이고 사는 사람은 자기 마음의 감옥이 만든 옥獄에 갇히게 되는 것이다.

예수의 십자가 역시 그렇다. 예수의 몸은 십자가에 달렸지만 그의 영혼은 자유로왔다. 그러나 그를 십자가에 매어단 사람들은 비록 몸은 자유로왔지만 그들의 영혼은 십자가에 매달린 것이다.

내 이웃이 내 몸

같은 언어라 할지라도 말하는 사람의 감정과 개성 혹은 수준에 따라 그 의미가 판이하다.

사랑이라는 언어도 연인간과 부자간이 전혀 다르고, 놀이 문화도 말은 같지만 어른의 놀이와 아이들의 놀이가 전혀 다르지 않은가? 마찬가지로 예수님이 쓰신 언어와 우리가 쓰는 언어가 전혀 다른데 같은 의미로 이해하게 되면 예수님의 말씀을 왜곡시키게 되는 것이다.

예수님 말씀에 "이웃을 네 몸 같이 사랑하라!"고 하셨는데 그 이웃은 누구를 말함인가? 우리는 나 아닌 타인을 이웃이라고 생각한 나머지 어려운 이웃을 돕는 것을 선행이라고 말한다. 그래서 고아원이나 양로원을 방문해서 선행을 베풀고(?) 기념사진도 찍어서 봉사를 기념하기도 하는 치밀함도 있다. 그리고 나 자신을 나라고 생각한 나머지 자신을 위한 일이라면 무리를 해서라도 목적을 달성하려고 한다. 즉 이웃은 타인이고, 내 몸은 곧 내 몸이라는 것이다. 그러나 예수는 타인이 곧 내 몸이고 내 몸을 오히려 타인시他人是해야 한다고 가르치신 것이다.

부모는 '자식이 곧 나'라는 감정으로 평생을 살아가듯이 예수님도 이웃이 곧 나라는 의미로 이웃을 규정했던 것이다. 이웃을 사랑하는 것이 곧 내 몸을 사랑하는 것이요, 내 자신만을 사랑하는 이기적인 사랑은 내 몸을 사랑하는 것이 아니라 나를 망치는 것이라고 설명하신 것이다.

그리고 "원수를 사랑하라!"고 하셨는데, 원수를 사랑하기가 얼마나 힘들겠는가? 만약에 내가 원수를 사랑해야 할 일이 있다면 많은 인내심을 필요로 할 것이다. 냉정히 말한다면 '원수'를 '사랑'할 수는 있는가? 저 사람이 내 원수라는 감정이 내 마음속에 있는데 어떻게 그를 사랑할 수 있을까? 아마도 그것은 불가능한 일일 것이다. 그러므로 원수를 사랑하려면 그가 내 원수가 아니어야 하는 것이다. 원수를 내 앞에 두고도 내 감정이 침범 받지 않아야 그를 사랑할 수 있다. 예수님은 그러한 경지를 말씀하신 것이다.

본성의 마음자리에는 원수라는 개념이 존재하지 않는다. 그 마음자리가 부모의 심정인 것이다. 자식이 원수 같은 짓을 해도 부모의 마음자리는 더 진한 사랑으로 다가가는 것이다. 얼음은 깨어져서 상처가 나도 물은 아무리 내리쳐도 깨어지거나 상처가 나지 않는 것처럼……

그러므로 원수를 사랑하느라 고생하지 말고 본성의 자기를 찾을 일이다.

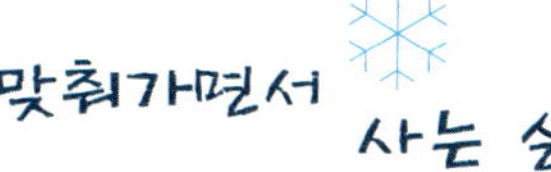

맞춰가면서 사는 삶

배추밭에는 김치가 없고,
무밭에는 깍두기가 없다.
다만 배추와 무가 있을 뿐이다.

백화점에 가서 옷을 고를 때는 내 몸에 맞는 사이즈와 색상을 고르고, 약방에 가면 내 병에 맞는 약을 고른다. 그리고 식당에 가서도 내 입에 맞는 음식을 주문한다. 즉 물건을 모두 내게 맞추는 것이다.

그런데 사람은 '맞추어 살아야지' 내게 맞추려면 불화하게 된다. 내 마음에 들어보이는 사람도 같이 살아보면 도대체 마음에 드는 구석을 찾기 힘든 법이다.

배우자가 서로 마음에 들어서만 사는가? 내 뱃속에서 나온 자식도 마음에 들지 않을 때가 있고, 나를 낳아주신 부모님도 내 마음에 들지 않는 때가 있거늘…….

그래서 사람은 '맞춰가며 살아야지……'

부모가 자식에게 맞춰가며 살고, 자식이 부모에게 맞춰가며 살듯이 부부지간도 서로 맞춰가며 살아야 하는 것이다. 그럴 때 이상형理想型은 창조되는 것이다.

연애 시절에는 서로가 상대방의 비위를 '맞추려고' 애쓰기 때문에 내 이상형이라고 착각한다. 그런데 결혼을 한 후부터는 내게 맞추기만 바라므로 모든 이상理想은 그야말로 이상일 뿐이다.

자기의 이상은 끝없는 노력으로 창조해 가는 것이지 만들어진 이상이란 없는 것이다.

영원이란 변화의 연속을 말하는 것이지 정지가 아니다. 그러므로 변화와 창조가 없는 이상은 이상이 아니다.

'이 이상以上 더 아름다울 수 있는 것은 없다'고 할 수 있는 물건이나 작품이 있을 수 있는가? 인간이 추구하는 이상의 끝은 없다. 그렇기 때문에 이상은 영원한 이상으로서의 의미가 있을 뿐이다. 다만 오늘을 어떻게 노력하며 살았느냐에 따라 이상에 한 발 다가섰다고 착각할 뿐이다.

사람들은 벽돌담 같은 인간관계를 꿈꾸고 살지만 살아 보면 시골의 돌담 같은 것이 인생이다. 벽돌은 똑같은 규격이기 때문에 눈을 감고 쌓아도 대충 바르게 쌓을 수 있다. 그러나 시골의 돌담은 전혀 모양이 다른 것들을 맞춰 쌓아야지 같은 모양만 골라서 쌓으려면 하나도 쌓을 수 없다. 그래서 사람은 맞춰 살아야지 내게 맞는 사람을 찾으려면 피곤한 인생을 살게 되는 것이다.

배추밭에는 김치가 없고, 무밭에는 깍두기가 없다. 다만 배추와 무가 있을 뿐이다. 동물은 밭에 있는 배추를 뜯어 먹을 뿐이지만 인간은 김치를 창조해내지 않는가? 마찬가지로 사랑도 창조해내기 때문에 위대한 것이다.

어머니의 손 약손

젊어서는 희망에 살고 늙어지면 추억에 산다고 했던가. 그래서 젊은 시절에는 누구나 고향을 떠나서 그 어디엔가 희망을 향하여 떠나고 싶어하고, 늙으면 태어난 고향으로 되돌아가고파 하는 귀소본능이 있다.

비록 늙지는 않았어도 언제나 마음이 고향을 향하는 것은 태어나서 사람과 처음 사귀었고 자연과 처음 사귀었으며 모든 것과 첫 정情이었기 때문이리라. 그 중에서도 내 어머니로부터 받은 사랑은 모든 것보다 처음이었으니 그 어머니에 대한 애착은 모든 것으로부터 우선 하는 것이다.

나이는 제법 들어서(?) 이제 내 아이들이 밤잠을 설치며 설날을 기다릴 정도가 되었지만 아직도 어릴 적에 경험했던 설날의 감상을 회상하면서 이번에도 예외없이 고향으로 향했다.

모든 동네가 그렇듯이 따사로운 양지쪽 오목히 들어앉은 산기슭에 수십 호 남짓한 집들, 옆집 기침소리가 들릴 만한 울타리를 사이에 두고 모여 사는 동네가 왜 그렇게 그리운지, 어렸을 때는 그렇게 불편하고 비문화적이며 비위생적으로만 느껴졌던 시골인데 지금은 포근한 어머니의 품속같이 느껴진다.

까까머리 중학생 시절 어머니가 길쌈해서 지어주신 베잠방이를 입고 아버지의 논일을 돕느라 흙투성이가 되어 있는데, 서울 갔던 누이가 집에도 들르지 않은 채 나이론 옷에다 뾰죽구두를 신고 달려왔을 때 왜 그리도 부끄러웠던지 지금도 그때 그 논두렁이 기억에 생생하다.

태어나서 십수 년밖에 안 살았지만 동네의 산이나 들, 냇가의 모든 생김새까지도 머리에 새겨놓고 타관을 돌며 강산이 몇 번이나 바뀌어도 마음은 항상 달려가서 머물 수 있는 고향이 있어서 좋다. 이번에 고향을 찾으면서 괜히 마음이 쓸쓸해지는 것은 아직 다가오지도 않은 미래를 생각하면서 공연히 청승스러운 감상에 젖었기 때문이다.

지금까지 고향에 대한 그리움에 사무쳤던 것은 정든 산천에 대한 향수도 있지만 늙어서 허리 굽으신 부모님이 계시기 때문이었다. 이제는 부모님 연세가 일흔이 넘어 살아오신 날보다 길지 않을 여생을 생각하니 부모님이 안 계신 고향이 얼마나 쓸쓸할까 걱정된다.

동구밖에 들어서니 벌써 해는 서산에 걸려 있고, 집집마다 굴뚝 연기가 몽개몽개 나는 모습은 어렸을 적 명절 기분을 물씬 느끼게 했다. 문간을 들어서자 어머니가

"아이구! 내 강아지 왔나?"

하고 어린 손주를 받아 안으니 할머니의 험상궂은(?) 모

습이 몹시나 무서웠던지 '앙-' 하고 우는 바람에 어머니에게 죄송했다. 다행이 큰 놈은 집에서 훈련시키는대로 큰절을 드려서 아비의 체면을 세워줬다.

이제는 앉았다가 일어서는데도 '아이구……' 하는 노인의 된소리가 내 마음을 무겁게 했다. 가장 급한 효도는 뒷전으로 하고 일에 쫓겨서 사람 구실을 제대로 하지 못하고 사는 것을 부모 앞에 앉아야 비로서 반성하게 된다.

어둠침침했던 등잔불도 그다지 어둡게 느껴지지 않았던 어린 시절에 비하여 환한 형광등 아래서 몇 해 전 사다드린 칼라 TV를 보는 불학不學의 어머니가 TV프로그램과 연속극의 줄거리를 달변으로 들려주는 모습을 보면서, 해만 기울면 밤이 되는 긴 시골 밤을 탤런트들이 자식 대신 마음의 공간을 채워 주고 있어서 다행스럽게도 여겨졌다.

예나 지금이나 아버지는 우리보다 먼저 일어나셔서 별할 일도 없는 농한기인데도 삶의 터전인 들녘을 한바퀴 돌아오셔서 집안팎을 손보고 계셨고, 어머니는 젊은 며느리보다 먼저 일어나서 아들 좋아하는 반찬을 만드시느라 여념이 없다.

철이 없을 때는 어머니의 음식 솜씨를 자랑스럽게 생각하기는커녕 비위생적이라고 짜증을 낸 적이 많았다. 먹다 남은 음식이 쉰 듯한데도 이것저것 모아서 꾀죄죄한 냄비에다 보글보글 끓여 주시던 어머니의 자식을 향한 정성이 하도 지극해서 배앓이의 재앙도 물러 갔으리라.

가난한 시절에 배탈이 나면 어머니는 거의 반 강제로 소

금을 한 숟갈 털어넣고 찬물로 넘기게 한 후 당신의 무릎
에 눕혀놓고

"네 배는 개배, 내 손은 약손 쒜에…."

하면서 배를 쓸어 주셨다.

못먹어 영양이 부실했던지 머리에 부스럼은 무던히도
많이 났었다. 그때마다 어머니는 나를 개울가로 데려가서
굵은 왕소금으로 모질게도 밀어 대고는 물에다 씻고 나면
깨끗하게 났곤 하였으니 가난한 시절에는 그저 소금이 만
병통치였던가 보다.

얼마 전 다리에 종기가 나서 옛날 어머니의 처방법이 생
각이 나 소금으로 문질렀더니 오히려 더 큰 고생을 했다.
그것은 소금의 차이가 아니라 사랑의 차이리라 크게 느낀
적이 있었다.

누구나 그렇겠지만 지금도 깔끔한 아내의 음식보다 늙
은 어머니의 손끝에서 나오는 감칠맛은 언제나 미련스러
운 과식으로 고생을 하게 한다.

내 아버지는 비록 천자문千字文도 읽지 못한 무학無學의
시골노인이지만 현실을 만족할 줄 알고, 조그만 동네에서
해야 할 일과 하지 말아야 할 일을 가리면서 해 가시는 사
리事理에 밝은 시골 노인이시다. 투박하지만 진솔하게 사
시는 그런 모습이 존경스럽다.

이번에도 부모의 사랑을 듬뿍 받고 시골집을 나오는데
일평생 내게 해오신 말씀 "차 조심해레이－."하시는 애정
어린 음성이 내가슴을 뭉클하게 했다.

270

자유自由의 양면성

함부로 자유를 주는 것은
자유가 아니라 방치하는 것이며,
타락을 방조하는 무책임한 행위가 되는 것이다.

자유는 인류가 궁극적으로 추구하는 보편적인 가치이다. 그러므로 자유라는 언어 그 자체는 성숙한 인격을 가진 사람만이 누릴 수 있는 정서인 동시에 미숙한 사람에게는 두렵고 부자연스러운 것이다.

많은 사람이 집체교육을 받으면서 하는 말 가운데 '자율적으로…, 자유스럽게…' 했으면 좋겠다는 말이 제일 많지만 그것은 본성적인 요구이기는 하나 현실적인 타당성은 없어 보인다.

자유로움은 통제하는 이가 없어도 흐트러짐이 없어야 한다. 즉 자기 통제에 대한 스스로의 능력을 가지고 있어야 가능하다. 그러려면 스스로 제어할 수 있는 능력이 있어야 하는 것이다.

공부에 대한 취미도 없고, 실력도 없는데 자율적으로 되겠는가? 실력이 없는데 자율적으로 하다보면 자칫 방종으로 흘러 버릴 수 있다.

정치적으로도 그렇다.

무지한 군중들에게 효과적인 통치방법은 독재라는 수단으로 누르게 하는 것이 최선이라고 생각한다. 바로 그런 이유에서 독재자가 출현하는 것이리라. 그것은 발전의 과정에서는 어느 정도 이해될 수 있다.

무지하고 무능한 군중에게 민주주의의 요체인 무한대의 자유를 주게 되면 방종과 무질서의 극치를 이루게 될 수도 있다. 가끔 정치와 경제의 후진국이 겪는 현실적인 모습이기도 하다.

자유는 국민 개개인의 준법정신을 비롯한 인격적인 성숙의 결과물이지 자유라는 동기에 의해서 그러한 사회가 실현되는 것이 아니다.

서구의 민주주의는 독재와의 투쟁에 의하여 성취된 역사적인 산물이지 자유민주주의의 그 자체에 의하여 이룩된 민주주의가 아니다. 그래서 독재국가는 독재자의 책임도 있지만 일부 그 국민에게도 책임이 있다는 사실을 간과할 수 없는 것이다.

미숙한 어린이에게 자율성을 기대할 수는 없다. 어른의 보호와 통제 속에서 자유를 길러가야 하는 것이다. 그러지 않고 함부로 자유를 주는 것은 자유가 아니라 방치하는 것이며, 타락을 방조하는 무책임한 행위가 되는 것이다.

자유를 원하는가? 그렇다면 성인이 되어서 독립하듯이 성숙해야 한다. 즉 스스로를 통제할 수 있는 마음의 능력

도 길러야 한다. 그러한 마음을 얻게 되면 스스로 자유로
와지는 것이다. 통제 속에 있어도 마음은 자유로울 수 있
다는 말이다.

공부에 취미가 있는 학생이 통제를 느끼는가? 언제 어디
에서나 그것을 못하기 때문에 통제를 느끼는 것이지 잘하
는 사람은 통제가 아니라 보호를 느끼는 것이다.

신앙을 못하는 사람은 간섭과 통제를 느끼지만 신앙을
잘하는 사람은 사랑과 보호를 느끼는 법이다.

신앙의 중독도 중독이다

본성은 순수이성 그 자체이다.
선의식先意識이 전혀 없는 투명한 느낌
그 자체가 본성의 느낌이다.

무엇이든지 중독中毒이 되면 안 된다. 중독된 입장이 되어버리면 구제불능일 가능성이 있다. 마약중독이 그렇고, 알콜중독이 그렇다. 도박의 중독이 그렇고 니코틴 중독이 그렇다. 그러나 이러한 중독은 본인 스스로 중독이라는 사실을 인식하고 있기 때문에 치료를 통해서 개선될 수 있지만 자신이 중독자라는 사실을 인식하지 못하는 중독이 있으니, 바로 '종교의 중독'이다.

신앙을 열심히 하는 사람들을 보면 그것은 일종의 중독 증세 같은 느낌을 받을 수 있다.

처음 종교에 귀의하는 것은 일종의 새로운 경험이다. 예컨대 새로운 세계에 대한 경험이나 사건에 대한 경험이다. 지금까지 듣지 못한 말씀을 통하여 본성이 자극받으면서 결단을 하게 되었거나, 자신에게 부딪힌 사건을 통하여 신비로운 체험을 하면서 신앙을 하게 된다.

그 이후 신앙이 서서히 뿌리를 내려 정착하는 것이다. 그러나 세월이 지나고 보면 '소속감이 신앙화' 되거나 '정적情的인 인연의 신앙화' 이상의 것이 별로 없는 것이 대부분이다. 일종의 버릇 같은 것이 되었다는 말이다.

자연은 처음을 놓치지 않는다. 씨앗에서 싹이 돋아나면 처음에 돋았던 그 싹이 줄기가 되어 죽는 날까지 성장해 간다. 타력에 의하여 꺾이지 않는 한 스스로 꺾거나 죽지 않는다. 죽는 날까지 줄기는 가녀린 새싹을 유지하면서 밑둥치에 살을 찌워가는 것이다. 밑둥은 늙어서 고목나무가 되어도 줄기가 늙는 법은 없다.

산 정상 바로 아래에서 비롯된 실개천은 그 흐름을 그치지 않고 끝없이 내려간다. 쉬지 않고 내려가기 때문에 개울이 시냇물이 되고 강이 되어서 대하大河가 되어 대해大海를 이루어 놓지 않는가? 물이 흐름을 정지하면 더 큰 물이 될 수도 없거니와 그 자리에서 썩어버린다. 물은 흐르기 때문에 풍성해진다.

자연은 처음을 놓치지 않기 때문에 끝없이 발전하고 성장하는 것이다. 도대체 습관적이라는 명사 자체가 존재하지 않는다. 언제나 새로움이고, 처음이다.

인간에게도 육체적인 생명의 법칙에는 처음이 보존되지 않는가? 먹고 배설하는 생명운동이 그렇고, 자고 깨는 것이 그렇다. 태어나서 죽는 날까지 변하지 않고 처음이 보존되는 것이다. 그 처음의 밸런스가 깨어지는 순간이 죽음 아니겠는가?

마찬가지로 영혼의 생명운동인 신앙생활에도 처음을 보존해야 한다. 그것이 '본성'의 흐름을 존중하는 것이다.

본성은 순수이성 그 자체이다. 선의식先意識이 전혀 없는 투명한 느낌 그 자체가 본성의 느낌이다. 그 느낌은 오직 위하겠다는 이타성利他性밖에 없다. 위함의 삶은 칭찬하거나 자랑할 것도 아닌 오직 생명의 원리일 뿐이다. 영혼의 호흡에 불과한 것이다.

밥을 먹는 것만 행복한가? 배설하는 행복함이 더 큰 법이다. 먹지 못하는 고통보다 싸지 못하는 고통이 더 큰 법이니까. 그것은 공히 건강한 생명운동이지 자랑할 문제가 아니다. 못 먹고 못 싸는 것을 걱정할지언정 잘 먹고 잘 싸는 것은 자랑이 아니다. 마찬가지로 위하지 못하는 이기적利己的인 마음은 영적인 생명운동이 정지된 것이기 때문에 심각하게 걱정할지언정, 위하겠다는 본성의 삶은 자랑할 문제가 아니라 건강한 영혼의 생명운동인 것이다.

신앙의 처음은 이러한 본성의 자극으로 인한 생명에 대한 자각이었다. 그렇다면 그러한 본성이 교회화 되고 사회화 되어야 하는 것이 수십 년 된 신앙자의 모습이어야 할

것이다. 그러한 사람은 걸어다니는 경전이며 종교가 되어야 한다. 나아가 살아 있는 성인聖人이며 신神이 되어야 하는 것이다.

그런데 평생을 신앙한 사람도 '받는데' 몰두해 있는 꼴이라니……. 하늘로부터 건강축복, 물질축복, 축복 축복……. 은혜 은혜 은혜……. 이렇게 받는 데만 광적이다. 도대체 무엇을 더 바라는가? 생명의 법을 깨쳤는데 무엇을 더 원하는가?

사람들이 죽을 자리에 들어가면 한결같이 '살려만 주신다면…….' 하고 빈다. 죽음을 면하게만 해 주신다면 무엇인들 못하겠느냐는 말이다. 그러나 그렇게 구걸해서 얻은 목숨도 머잖아 자연사自然死하게 되어있지 않은가? 그래서 영생을 깨친 이는 목숨을 구걸하느라 자신의 신념을 꺾지 않았다. 그런데 종교를 통하여 얻은 생명은 영원히 죽음이 없는 생명이다. 육신은 죽어도 영혼은 죽지 않는다. 그런데 죽지 않는 영혼에 대한 생명의 법을 깨쳤는데 더 무엇을 바라는가?

인간이 본연지심本然之心을 상실하면서 육욕에 중독이 되었다. 소유욕과 정욕에 중독이 되었으며, 명예욕과 권세욕에 중독이 되었다. 그래서 종교는 모든 것으로부터 중독된 영혼을 구제하기 위한 하나의 수단인 것이다. 그런데 오히려 그 종교가 세상의 것에 중독이 되어버렸으니 어찌할꼬? 종교를 통하여 더 얻어서 누리고 싶어하는 모습은 그 중독 증세가 중증이라고 아니 할 수 없다.

내가 아는 이는 상당한 재산을 가졌다. 상속해 줄 자식도 없는데 인색하기 그지없는 삶을 산다. 그러면서 또 하늘 앞에 사업이 잘 되게 해달라고 빌어댄다. 천지신명이 얼마나 피곤할까? 신이 옹졸하지 않는 게 다행이지, 만약에 옹졸한 신이었더라면 가진 것도 빼앗겼을 것이다.

다행히 내가 모신 어른은 도대체 하늘에 구하는 법이 없다. 하늘의 뜻을 헤아리기에 여념이 없는 삶을 사신다. '뜻이 하늘에서 이루어진 것 같이 땅에서도 이루어지이다' 하고 기도했던 예수와 달리 자신의 재세시在世時에 하늘의 뜻을 땅에 성취하기 위한 삶으로 꽉 찬 생애를 사신다.

아마도 그 분은 사람들로 하여금 종교의 중독에서 해방시켜 줄 것이라는 기대가 된다.

진정한 선민주의

인간이 인간에 대해 우월감을 갖는 것보다 더 큰 사회악은 없다.
인간이 인간을 위해서 희생하는 것보다
큰 성聖이 없는 것처럼 말이다.

선민우월주의選民優越主義가 잘못되면 천민우월주의賤民優越主義가 된다. 예수시대의 유대인들이 그랬고, 이 시대의 종교인들이 그렇다.

선민選民이란 선택받은 백성을 의미하는 것인데, 선택받은 자는 거기에 걸맞는 책임을 수행할 때 선민選民에서 선민善民이 된다. 그러지 못하고 선민의 책임을 소홀히 하게 되면 선민選民이 천민賤民으로 전락하게 되는 것이다.

본래 귀貴와 천賤이라는 것은 한 점에서 그 방향과 목적을 달리한 것이다. 무엇이든지 있어야 할 자리에서 제 사명을 다하면 귀한 것이지만, 있어야 할 자리에 있지 않거나 그 목적을 상실하게 되면 천하게 된다.

밥그릇과 쓰레기통 그 자체가 귀천貴賤이 있는 것이 아니다. 쓰레기통도 제 사명을 하면 귀한 것이고, 밥그릇도 제 사명을 잃어버리게 되면 천賤한 것이 된다.

본래 모든 인간은 선민選民이며 선민善民이었다. 그런데 인간이 본심本心을 잃어버리므로 구원섭리라는 것이 생기게 되었으며, 섭리를 위한 중심 인물을 필요로 하게 되면서 선민選民이라는 언어가 생기게 된 것이다.

인간이란 본래 사명을 중심하고 전후, 좌우, 상하의 차이는 있을지라도 가치의 차이는 없다. 모두가 존엄한 가치를 가진 존재다. 그러므로 선택받은 민족이거나 선택받지 못한 민족이거나 모두가 신의 자손이므로 차이가 없다.

다만 선민選民의 땀과 눈물과 피를 통하여 모두를 선민화選民化하려는 것이 신의 섭리적인 목적이었던 것이다. 그러므로 진정한 선민이 되려면 신이 선택하신 의도를 따라 존재할 때 비로소 선민의 사명을 제대로 수행할 수 있는 것이다.

진정한 선민의식이란 '제물의식祭物意識'이지 '우월주의優越主義'가 아니라는 사실이다. 예컨대 한 나라가 독립하고자 하는 독립투사와 같은 격이라 할 것이다. 대부분의 국민들은 독립에 대한 열망은 있지만 독립운동에 가담할 용기를 갖지 못한다. 그런데 소수의 애국투사들은 독립을 위한 투쟁을 통하여 민족 전체에게 애국심을 고취시킨다. 그러므로 독립투사는 민족과 나라로부터 부름을 받은 사명감으로 그 길을 가는 것이지 우월주의 때문에 가는 것이 아니다. 자신의 땀과 눈물과 피를 제물로 해서 민족을 구해겠다는 삶이야말로 바로 선민의 자세라는 말이다.

그런데 선민에 대한 잘못된 관념이 보편화되었으니 그것이 바로 '우월주의'이다. 이것은 유대교와 기독교가 만들어 놓은 세계관으로서 천국과 지옥, 구원과 심판, 선과 악이라는 철저한 이분법적二分法的인 가치관이 바로 그것

이다. 이러한 세계관은 선민우월주의가 아니라 그야말로
천민우월주의인 것이다.

　인간이 인간에 대해 우월감을 갖는 것보다 더 큰 사회악
은 없다. 인간이 인간을 위해서 희생하는 것보다 큰 성聖이
없는 것처럼 말이다.

　자연은 이기고 올라가지만 인간은 섬겨야 올라가는 법
이다. 즉 내려가야 올라가는 것이 인간세계의 원리이다.
그런데 자신은 선택받았다는 우월주의로 말미암아 스스로
담을 만들어 놓고 있다면 그 담은 천국의 담이 아니라 지
옥의 담이 될 수밖에 없다.

　이것은 모든 종교인들에 대한 경고라고도 할 수 있다. 신
은 나만을 선택한 것이 아니라 나를 제물로 해서 내 주변
을 구하기 위한 도구로 택한 것이다. 그러므로 제물祭物이
란 내가 없어야 하듯이 신 앞에 내가 없어야 한다.

　선택받았다는 데 고무되지
마라. 신이 선택하신 이유에
대해 관심을 갖게 될 때 비로
소 '전체를 선택하기 위한
나'라는 인식을 하게 될 것이
다.

죽지 않고 영원히 살려는 인간

 예나 지금이나 생명에 대한 집착보다 강한 것이 없다.

생명은 그 자체가 목적이지 어떠한 경우에도 수단일 수는 없는 것이다. 가끔 보다 큰 목적이 성취되기를 소망하는 마음으로 순교나 순국과 같이 자신의 생명을 던지는 경우도 있지만 그것은 특별했던 그 상황에서나 있을 수 있는 일이지 생명 자체를 수단으로 여길 수는 없는 것이다. 사람들은 보다 더 오래 살아보려고 필사적으로 노력을 경주해 온 것이 인류 역사였다.

진나라 시황이 불로초不老草를 구해서 불로불사不老不死하려고 그렇게 노력했지만 그도 별 수 없었다.

오늘 날 건강에 대한 관심들이 21C의 불로초를 구하는 불로초 매니아들이라 할 만큼 집요하다.

세월이 지나도 변하지 않는 것은 없다. 나무도 고목나무가 되고, 돌도 풍화되며. 쇠도 부식된다. 변화라고 하는 것은 사라짐이 아니라 새로운 창조다. 창조를 위한 변화이지 사라짐이 아니라는 말이다. 마찬가지로 인간의 육신도 세월을 비켜 갈 수는 없다. 변화 자체를 아름다워해야지 변하지 않으려는 몸부림은 처량한 것이다.

변하는 것을 변하지 않으려고 하거나, 죽는 것을 죽지 않으려는 노력이 얼마나 허무한 짓인가? 얼굴의 주름살이나 머리의 백설은 모두 세월이 영근 것이다. 언론 매체에 불로초(?)에 대한 광고가 도배를 하는 것은 인간의 심리를 사회적으로 대변한다고 하겠다.

인간의 기원이 몇 년 전인지는 잘 모른다. 그러나 우리가 감지하고 있는 인류의 역사가 수천 년 전이라고 하자. 그렇다면 수천 년 동안 인간이 오래 살고픈 열망으로 온갖 노력을 경주해 왔을 텐데 과연 수명을 몇 년을 더 늘렸는가? 평균 연령은 불과 수십 년밖에 늘리지 못했다. 물론 접할 수 있는 정보를 통하여 직간접으로 삶의 경험을 할 수 있는 범위를 놓고 보면 한 세대를 살면서도 수천, 수만 년을 사는 것과 같다고 할 수 있을 것이다.

과거 원시시대에는 시간적으로는 과거를 알 수가 없었고, 공간적으로는 세계와 우주를 알 수가 없었다. 그러나 현대는 여기 있으면서 세계와 우주를 볼 수 있게 되었고, 지금 살면서도 과거에 대한 여행을 할 수 있으니 말이다. 그렇기 때문에 과거나 현재나 생명주기에 대한 시간은 별 차이가 없는데 경험할 수 있는 정보의 양이 극대화되므로 실은 오래 사는 것이 되는 것이다.

그렇게 많은 시간과 공간을 여행하며 살면서도 영원히 살고픈 마음은 버릴 수가 없다. 그렇지만 몸이 늙고 죽는 것을 어찌 비켜갈 수 있겠는가?

오죽 했으면 동양인들은 도교道敎를 통하여 불로불사不老
不死의 신선사상神仙思想을 만들었고, 서양의 기독교는 영생
永生의 신학을 만들어서 하나님의 나라가 이루어지면 불로
불사한다고 가르쳤겠는가? 그러나 그것은 모두가 허망한
꿈이다.

그렇다고 실망할 것은 없다.

어렸을 적에 산타클로스의 실재를 믿고 크리스마스를
기다리던 아름다운 감상이 깨어지던 날이 그렇게 슬프지

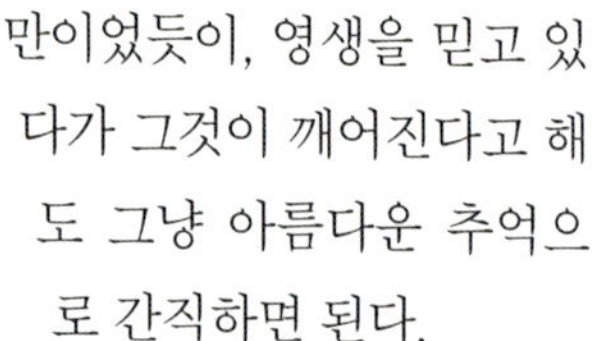

않고 그냥 그것으로 아름다운 낭
만이었듯이, 영생을 믿고 있
다가 그것이 깨어진다고 해
도 그냥 아름다운 추억으
로 간직하면 된다.

그렇다면 인간이 애초에
도 없는 불로불사의 영생에 대
하여 그토록 집착하는 이유가 뭘
까? 그것은 인간에게 그러한 속성이 있기 때문이다. 그것
이 영혼이다.

인간의 마음은 늙음(不老)도, 죽음(不死)도 없는 그야말로
영생 그 자체다. 마음이 나이를 먹나? '몸은 늙어도 마음은
청춘'이라는 말은 누구나 부정할 수가 없는 진리다. 몸은
탄생이 시작이고 죽음이 끝이라는 시始와 종終의 한계가
분명하지만, 마음은 시작은 있지만 끝이 없는 그야말로 영

생불멸永生不滅의 존재이다.

그런데 기왕 존재할 바에야 건강하고 아름답게 존재해야 하지 않겠는가? 사람의 육신도 사는 날까지 건강하게 살아야지 병고에 시달리며 살아야 한다면 살아도 산 것이 아닌 것 처럼 마음의 세계도 그렇다.

그렇다면 마음은 어떻게 해야 건강하게 불로불사 할 수 있을까? '사랑'이다. 참된 사랑과 진리만이 내 영혼을 건강하게 할 수 있는 유일한 양식이다. 그래서 영혼의 불로초는 사랑과 진리이다.

육신은 밥을 먹고 살지만 영혼은 육신의 삶을 먹고 산다. 그래서 오염된 음식을 먹으면 몸이 병드는 것처럼 선하지 못한 삶을 살면 영혼이 병든다. 무공해 음식을 먹으려는 것 이상으로 선하고 의로운 삶을 사는데 애착을 가져야 하는 것이다.

그러한 의미에서 성현들은 인류에게 불로초를 선물하러 왔고, 더 나아가 진정한 불로초는 자기 스스로의 삶을 통하여 생산(?)해가야 한다. 알고 보면 스스로 가지고 있는 불로초를 잊고 사는 것이 무지몽매한 인생이다.

의로운 길은 영광의 길

제 딴엔 자칭 의로운 일을 한다는 사람이 '사람들이 너무 몰라줘서 섭섭하고 외롭다'고 탄식을 한다. 사람들이 알아주고 몰라주고에 영향을 받는 수준이라면 그 사람은 진정한 의인義人이 아니다. 내가 가는 길이 분명히 의義로운 길이라면 다른 사람들의 반응에 영향받지 말아야 한다.

알아주는 이 없어서 '고독한 길'이 아니라 나만 아는 '고고한 길'이지, 고고한 길을 고독한 길로 알면 안 된다.

예수님은 고독한 길을 간 것 같지만 고고한 인생을 사셨다. 예수님의 마음세계에서 예수를 보지 못하고 범인凡人의 입장에서 보니까 고독한 길을 간 것처럼 보이는 것이지, 예수의 입장에서는 고고한 길을 간 것이다.

나라를 위한 애국의 길도 못 갈 길이 없는데, 신과 더불어 가는 길을 두고 망설일 이유가 있겠는가? 자전거로는 넘지 못할 고개도 자동차로는 넘을 수 있는 것은 동력 때문이듯이, 땀으로 못 넘을 고개도 눈물로는 넘을 수 있고, 눈물로는 넘을 수 없는 길도 피로는 넘을 수 있다.

아무리 높고 험한 길이라 할지라도 죽음까지 가로막을 수 는 없다. 이처럼 넘고, 넘지 못하는 차이는 앞에 놓인 길이 아니라 신념의 원동력 차이다.

하늘을 걸고 정성을 드리는 사람은 사람의 시선에 연연할 필요가 없다. 하늘길을 간다면서도 사람의 시선에 연연하는 사람은 사람의 길을 가는 것이지 하늘길을 가는 사람이 아니다.

나라를 위한 애국의 길을 가는 사람은 개인이나 가정의 사정에 연연해하지 않는다. 개인이나 가정에 연연하는 사람은 이미 애국의 길을 포기한 사람이다.

그래서 예수는 사람에게 칭찬받고 대접받는 것을 즐겨하지 말라고 했다.

그렇다고 사람들과 절연絶緣을 하라는 말은 아니다. 자신이 가는 길에 대한 신념을 재삼 확인시켜 주느라 던진 화두였던 것이다. 역사적으로 높은 뜻을 세워놓고 산 사람일수록 혈혈단신의 삶이었다. 산이 높을수록 골이 깊고, 길도 험하듯이……

수백 년 된 고목 나무 밑둥은 굵고 강한데도 사방에 나무들이 있어 바람막이가 되지만, 가장 높은

줄기는 가늘고 연한데도 사방에 바람막이 하나 없이 풍상
風霜에 노출되어서 홀로 견뎌야 한다. 그것은 줄기된 영광
에 대한 가치로운 대가이다.

평생 인고의 도道를 통하여 영원을 얻을 수 있다면 그 도
야말로 참으로 값진 깨달음이 아니겠는가? 진정 의로운
길을 가는 사람은 그 길이 외롭지만 괴로운 길이 아니고,
서럽지만 서러운 길이 아니다. 받은 고난보다 얻어지는 영
광이 더 크다는 사실을 안다면 받는 고난마저도 희열로 여
기는 여유를 가져야 되겠다. 그것이 의인의 길이요, 의인
이 갖는 삶의 자세인 것이다.